Home *is where the heart is.*

生活・讀書・新知 三联书店

Blow Up Italia

放大意大利

设计私生活之二

修订版

欧阳应霁 著

Simplified Chinese Copyright © 2018 by SDX Joint Publishing Company.
All Rights Reserved.

本作品简体中文版权由生活·读书·新知三联书店所有。
未经许可，不得翻印。

图书在版编目（CIP）数据

放大意大利：设计私生活之二／欧阳应霁著．—2版（修订版）．—北京：生活·读书·新知三联书店，2018.8
(Home 书系)
ISBN 978-7-108-06227-7

Ⅰ.①放… Ⅱ.①欧… Ⅲ.①随笔－作品集－中国－当代
Ⅳ.①I267.1

中国版本图书馆 CIP 数据核字（2018）第 022494 号

责任编辑	郑　勇　胡群英　唐明星
装帧设计	欧阳应霁　康　健
责任校对	常高峰
责任印制	宋　家
出版发行	生活·讀書·新知 三联书店
	（北京市东城区美术馆东街 22 号 100010）
网　　址	www.sdxjpc.com
图　　字	01-2018-3035
经　　销	新华书店
印　　刷	北京图文天地制版印刷有限公司
版　　次	2004 年 12 月北京第 1 版
	2018 年 8 月北京第 2 版
	2018 年 8 月北京第 5 次印刷
开　　本	720 毫米 × 1000 毫米 1/16 印张 14.25
字　　数	278 千字 图 349 幅
印　　数	30,001－39,000 册
定　　价	59.00 元

（印装查询：01064002715；邮购查询：01084010542）

修订版总序 好奇再出发

他和她和他,从老远跑过来,笑着跟我腼腆地说:欧阳老师,我们是看你写的书长大的。

这究竟是怎么回事?一个不太愿意长大,也大概只能长大成这样的我,忽然落得个"儿孙满堂"的下场——年龄是个事实,我当然不介意,顺势做个鬼脸回应。

一不小心,跌跌撞撞走到现在,很少刻意回头看。人在行走,既不喜欢打着怀旧的旗号招摇,对恃老卖老的行为更是深感厌恶。世界这么大,未来未知这么多,人还是这么幼稚,有趣好玩多的是,急不可待向前看——

只不过,偶尔累了停停步,才惊觉当年的我胆大心细脸皮厚,意气风发,连续十年八载一口气把在各地奔走记录下来的种种日常生活实践内容,图文并茂地整理编排出版,有幸成为好些小朋友成长期间的参考读本,启发了大家一些想法,刺激影响了一些决定。

最没有资格也最怕成为导师的我,当年并没有计划和野心要完成些什么,只是凭着一种要把好东西跟好朋友分享的冲动——

先是青春浪游纪实《寻常放荡》,再来是现代家居生活实践笔记《两个人住》,记录华人家居空间设计创作和日常生活体验的《回家真好》和《梦·想家》,也有观察分析论述当代设计潮流的《设计私生活》和

《放大意大利》，及至入厨动手，在烹调过程中悟出生活味道的《半饱》《快煮慢食》《天真本色》，历时两年调研搜集家乡本地真味的《香港味道1》《香港味道2》，以及远近来回不同国家城市走访新朋旧友逛菜市、下厨房的《天生是饭人》……

一路走来，坏的瞬间忘掉，好的安然留下，生活中充满惊喜体验。或独自彳亍，或同行相伴，无所谓劳累，实在乐此不疲。

小朋友问，老师当年为什么会一路构思这一个又一个的生活写作（life style writing）出版项目？我怔住想了一下，其实，作为创作人，这不就是生活本身吗？

我相信旅行，同时恋家；我嘴馋贪食，同时紧张健康体态；我好高骛远，但也能草根接地气；我淡定温存，同时也狂躁暴烈——

跨过一道门，推开一扇窗，现实中的一件事连接起、引发出梦想中的一件事，点点连线成面——我们自认对生活有热爱有追求，对细节要通晓要讲究，一厢情愿地以为明天应该会更好的同时，终于发觉理想的明天不一定会来，所以大家都只好退一步活在当下，且匆匆忙忙喝一碗流行热卖的烫嘴的鸡汤，然后又发觉这真不是你我想要的那一杯茶——生活充满矛盾，现实不尽如人意，原来都得在把这当作一回事与不把这当作一回事的边沿上把持拿捏，或者放手。

小朋友再问，那究竟什么是生活写作？我想，这再说下去有点像职业辅导了。但说真的，在计较怎样写、写什么之前，倒真的要问一下自己，一直以来究竟有没有好好过生活？过的是理想的生活还是虚假的生活？

人生享乐，看来理所当然，但为了这享乐要付出的代价和责任，倒没有多少人乐意承担。贪新忘旧，勉强也能理解，但其实面前新的旧的加起来哪怕再乘以十，论质论量都很一般，更叫人难过的是原来处身之地的选择越来越单调贫乏。眼见处处闹哄，人人浮躁，事事投机，大环境如此不济，哪来交流冲击、兼收并蓄？何来可持续的创意育成？理想的生活原来也就是虚假的生活。

作为写作人，因为要与时并进，无论自称内容供应者也好，关键意见领袖（KOL）或者网红大V也好，因为种种众所周知的原因，在记录铺排写作编辑的过程中，描龙绘凤，加盐加醋，事实已经不是事实，骗了人已经可耻，骗了自己更加可悲。

所以思前想后，在并没有更好的应对方法之前，生活得继续——写作这回事，还是得先歇歇。

一别几年，其间主动换了一些创作表达呈现的形式和方法，目的是有朝一日可以再出发的话，能够有一些新的观点、角度和工作技巧。纪录片《原味》五辑，在任长箴老师的亲力策划和执导下,拍摄团队用视频记录了北京郊区好几种食材的原生态生长环境现状,在优酷土豆视频网站播放。《成都厨房》十段,与年轻摄制团队和音乐人合作,用放飞的调性和节奏写下我对成都和厨房的观感,在二〇一六年威尼斯建筑双年展现场首播。《年味有Fun》是一连十集于春节期间在腾讯视频播放的综艺真人秀,与演艺圈朋友回到各自家乡探亲,寻年味话家常。还有与唯品生活电商平台合作的《不时不食》节令食谱视频,短小精悍,每周两次播放。而音频节目《半饱真好》亦每周两回通过荔枝FM频道在电波中跟大家来往,仿佛是我当年大学毕业后进入广播电台长达十年工作生活的一次隔代延伸。

音频节目和视频纪录片以外,在北京星空间画廊设立"半饱厨房",先后筹划"春分"煎饼馃子宴、"密林"私宴、"我混酱"周年宴,还有在南京四方美术馆开幕的"南京小吃宴",银川当代美术馆的"蓝色西北宴",北京长城脚下公社竹屋的"古今热·自然凉"小暑纳凉宴。

同时,我在香港PMQ元创方筹建营运有"味道图书馆"(Taste Library),把多年私藏的数千册饮食文化书刊向大众公开,结合专业厨房中各种饮食相关内容的集体交流分享活动,多年梦想终于实现。

几年来未敢怠惰,种种跨界实践尝试,于我来说其实都是写作的延伸,只希望为大家提供更多元更直接的饮食文化"阅读"体验。

如是边做边学，无论是跟创意园区、文化机构还是商业单位合作，都有对体验内容和创作形式的各种讨论、争辩、协调，比一己放肆的写作模式来得复杂，也更加踏实。

因此，也更能看清所谓"新媒体""自媒体"，得看你对本来就存在的内容有没有新的理解和演绎，有没有自主自在的观点与角度。所谓莫忘"初心"，也得看你本初是否天真，用的是什么心。至于都被大家说滥了的"匠心"和"匠人精神"，如果发觉自己根本就不是也不想做一个匠人，又或者这个社会根本就成就不了匠人匠心，那瞎谈什么精神？！尽眼望去，生活中太多假象，大家又喜好包装，到最后连自己需要什么不需要什么，喜欢什么不喜欢什么都不太清楚，这又该是谁的责任？！

跟合作多年的老东家三联书店的并不老的副总编谈起在这里从二〇〇三年开始陆续出版的一连十多本"Home"系列丛书，觉得是时候该做修订、再版发行了。

作为著作者，我很清楚地知道自己在此刻根本没可能写出当年的这好些文章，得直面自己一路以来的进退变化，但同时也对新旧读者会在此时如何看待这一系列作品颇感兴趣。在对"阅读"的形式和方法有更多层次的理解和演绎，对"写作"有更多的技术要求和发挥可能性的今天，"古老"的纸本形式出版物是否可以因为在不同场景中完成阅读，而带来新的感官体验？这个体验又是否可以进一步成为更丰富多元的创作本身？这是既是作者又是读者的我的一个天大的好奇。

　　作为天生射手，自知这辈子根本没有真正可以停下来的一天。我将带着好奇再出发，怀抱悲观的积极上路——重新启动的"写作"计划应该不再是一种个人思路纠缠和自我感觉满足，现实的不堪刺激起奋然格斗的心力，拳来脚往其实是真正的交流沟通。

应霁
二〇一八年四月

序　放大生活

一向受尊崇被视作启蒙导师的意大利导演米开朗基罗·安东尼奥尼于1966年完成的经典电影 *Blow Up*，来到中文世界有三个译名——

一是直译作《放大》，另两个分别是《春光乍现》和《春光乍泄》，又现又泄，像加了盐，又再下醋。

把我们生活在其中的现实，放大再放大，竟是春光无限。

电影中男主角是个摄影师，无聊而又好事的他在阳光明媚的公园中遇到一对神色异常的男女。出于好奇，摄影师偷拍了这对男女亲热的一些照片，想不到却引来那位女子找上门来百般纠缠，甚至不惜献身以索回菲林。由此生疑的摄影师马上把这照片放大数倍，终于被他发现照片里树丛中竟躺着一具男尸，而不远的树旁更有一个持枪男人。

当天晚上摄影师独自来到公园，静寂当中果然在树丛深处发现了那具男尸，又惊又怕的他急急离开现场，第二天再回去的时候，男尸却不见了。

影评人会说，这是一部探讨现实与塑造现实之间关系的电影，也挑战了照片（以及一切记录）的真实性。我们试图用种种方法对美丽的未知世界进行探索：用文字，用图像，用活动的光影，以便把握这个物质世界，但往往也就只是把表象当作现实，而现实常常也只是暂时的局部的。

因为好奇，我们常常在生活中发现这样好玩那样不寻常。开始的时候兴致勃勃地跟踪追寻，以为有能力查根究底，但走不了多远就发觉太复杂太麻烦，结果不了了之。我们面前我们生活中有如此招摇吸引人的一项"实物"叫意大利，一直在散发一种比官方旅游广告小册还要精彩万倍的魅力。无论是我们向意大利走过去，还是意大利向我们走过来，我们都不得不承认，意大利，太厉害。

是她的道地美食她的经典电影她的历史建筑她的前卫家具设计，她的华丽歌剧她的优雅时装她的实验文学她的传统绘画与雕塑，还有她的醉人风景她的最值得谈恋爱的男人女人，只要有了意大利这个标签，一切都变得有了身份有了地位，好像都得另眼相看。

也就是因为意大利这三个字名气太大分量太重，叫我们这些经过的观赏的消费的不禁会问：我面前这一盘生牛肉薄片配帕马基诺乳酪（carpaccio con parmigiano）真的是道地的意大利口味吗？这一套 DOLCE & GABBANA 贴身薄绒黑西装穿起来会像意大利西西里男人吗？这一座由 Achille Castiglioni 于 1962 年设计的、由灯饰厂商 FLOS 生产的 Arco 地灯，又是如何为我在台北在香港在北京在上海的家，营造出一点意大利氛围的？还有的是，每天反复百次地听帕瓦罗蒂（Pavarotti）的《我的太阳》（*O Sole Mio*），会有机会学懂意大利文变成拉丁情人吗？托斯卡纳（Toscana）的艳阳下，费里尼会不会跟帕索里尼在共进午餐？邻桌坐的会是自斟自饮的卡尔维诺吗？远渡重洋来到我们面前展出的圣堂教父乔托（Giotto）的国宝级壁画，跟在意大利北部名镇帕多瓦（Padova）的斯科洛文尼（Scrovegni）教堂看到的原作有何不同？

为了亲近意大利，我们隆重地穿上她，亲昵地咬她一口，温柔地坐进去，仔细地阅读，用心地聆听，来回反复地重播……我们比一向爱国的意大利人更爱意大利，为这地中海里的一只长靴倾出前所未有的热情，我们眼中的耳边的口里的想象中的意大利，究竟是不是我们理想中的意大利？究竟有多真实？

就像安东尼奥尼的电影《放大》里的摄影师，我在这里尝试把我所热爱的我所触摸感受得到的意大利放大，再放大。

我很清楚知道我没有在意大利住上十年八载，我只是十三年来每年到意大利一趟或两趟，每次逗留不到两个星期。我得承认我曾经两趟学意大利文，两趟都以这个那个时间或者工作的借口而喊停，到如今依然要用手语点菜。我知道我除了有一衣柜的意大利服装之外，衣柜暗处暂时没有位置多藏一个意大利情人（那个勉强有个意大利姓氏的，也是在美国出生的对意大利比我还陌生的），而意大利众多的美丽山川景物，至今于我还只是一张一张犹如在梦中的明信片。但我还是满怀期待把这一切来自意大利的事物，用心地放大放大，企图看出一个更真确更实在更仔细的意大利。

当然，越是想靠近真实，却发觉这放大了的意大利就越像那张放大了数倍的照片，实质已变为光斑与彩点的结合，由具体物件变异为抽象意识：意大利不再是一碟意大利面一张意大利椅子一袭意大利裙子，意大利是颜色是光影是形体是味道是声音，或隐或现，若即若离。——不断地追寻也许是一种先天的悲剧，因此经历了更多的模糊和不安定，最终发现的是生活的混沌和神秘。"任何的解释都不及神秘本身有趣"，"在我们内心当中，事物都以雾或影子为背景的光点出现。我们具体的真实世界有鬼魅般抽象的本质"，安东尼奥尼曾经说过。

即使如此，我依然愿意继续这不一定有目的地的旅途，依然兴高采烈地把捡拾到的这些意大利生活碎片拼贴出属于我的意大利，更乐于和大家分享这寻寻觅觅过程中发生的一切。——也就是说，当你阅读我的意大利，你看到的只是别人的意大利，如果要认识这真正的意大利，接近这原来神秘的事物核心，还是得亲自上路，展开你的挖掘。

在这个太多伪造和太多谎言的世界里，我只希望能够用一种直觉的简单的方法，把我所感兴趣的事，把滋养我长大的人和物，把这好玩的有趣的，都一一地告诉你，从意大利开始，到意大利结束。——我们最终可能认识到的意大利，不是远方的异国，而是一个不断追求澄澈的自己。

缩小往往令事情太纤巧太锐利太紧张，放大，再放大，是我真正喜欢的模糊、暧昧和从容。

至于"Blow Up"的另外一个更直接的意思，就是爆炸。电光石火，地动天摇，爆炸当中种种暴力种种能量种种冲突，又是另一个值得放大的有趣话题。

应霁

2004 年 1 月

目录

Contents

5 　修订版总序　好奇再出发
11　序　放大生活

意大利颜色

21　还我颜色
27　忤逆阅读
33　供求追逐
39　格格好色
45　在繁花中
51　三色四性

意大利光影

59　灯与光
65　好看电视机
71　封闭的透明
77　美丑陈列室
83　再教育
89　全球化的夜

意大利形体

- 97 　男人不见了
- 103　床上的温柔
- 109　诗工厂
- 115　走钢索的日子
- 121　舒服好男人
- 127　起飞的绵羊

意大利味道

- 135　美味革命
- 141　特技厨房
- 147　因咖啡之名
- 153　咖啡或茶
- 159　跟他回家
- 165　世界再造

意大利声音

- 173 静物无声
- 179 老师不哑
- 185 拉丁老情人
- 191 末日崇拜
- 197 先生好奇
- 203 最后奢侈
- 209 附录一
  意大利不是一天设计成的
- 219 附录二
  意大利设计 A—Z
- 222 后语
  就是 al dente

意大利颜色

还我颜色

从前爱过的,还会重新爱一次吗?

那一袭送给她的有如一张又厚又重的织绒飞毡的红色厚绒大衣,其实她从没有在公开场合穿过,倒是有一趟借出去给时装设计师朋友讲解教学,示众展览过。下定决心要买的那一天我们也许疯了,因为这袭已经减成原价三分之一价钱的大衣,售价是我十年前月薪的四分之一,也要港币九千九百六十元。

这是一袭意大利时装设计师罗密欧·吉利(Romeo Gigli)设计的大衣,左披右搭的,实在没有一个唯一的正确穿法。——一朵过重的大红花,试穿到最后我只能这样对她说。

因为迷恋因为热爱,连人带物接近疯狂程度,所以买、买、买。

再翻翻衣橱里好久都没有碰的那一些角落,我们实际拥有过的 GIGLI 倒真的不少:男装的女装的,各种厚的薄的棉的绒的混纺的宽阔长大衣不下十件,衬衫四五件,长裤三条,女装上衣数款,连袖手套一款,香水两瓶,眼镜一副……一番盘算,那早熟的中产青年的仓促岁月忽然一下子跑了回来。

念书时候上的色彩课着实很沉闷,一天到晚在做颜色明度亮度纯度的练习也没法开窍,倒是毕业几年后把这顿悟的功劳都归于 GIGLI。在米兰 Corso Venezia 11 号的两层专门店里,我像是第一次知道什么叫颜色,种种都在面前活泼舞动:土黄、橘橙、藏青、茄紫、孔雀蓝、玫红、草莓红、水绿、橄榄绿、炭灰、紫金、铁银……既是女色也是男色。还有那些诱人伸手触摸的亮丽物料,那些精巧编织的纹样图案,至于那层层叠叠披搭缠绕包裹着身体的造型,夏季的轻柔皱薄冬季的浓重华美,典型的 GIGLI 风格，替我开了一道通往彩色世界的大门。恰巧有一趟 Gigli 真的在店内打点，我还毕恭毕敬声音颤颤地跟人家打招呼，说了一声谢谢。

当年身边的一群男女好友，很少有不掉进 GIGLI 这个彩色旋涡里的。加上当年也真的感情丰富，可以从头到脚都来认真地玩一下。饱满的颜色诱发出一种成熟自信。一种打破地域界限的时装世界观，Gigli 本人太清楚这一切颜色的来龙去脉，说他生性含蓄害臊吧，他其实是个热情好客的导游，一旦上了这班车，下一站管它是天国还是地狱。

出身于意大利书商世家的 Romeo Gigli，家里经营绝版古籍买卖，自幼在翻掀那些羊皮纸重彩描金的大部头古老典籍之际，竟又给他翻出不一样的彩色新世界。高中毕业之后念过两年建筑，他就迫不及待地离家游荡了。不同一般贪图逸乐的世家子，20 世纪 60 年代末期他动身上路，更以印度、中东阿拉伯为目的地，风尘扑面，路上的辛苦是可以想象的。

也就是这前后长达十年的实在有点奢侈的全球漫游（对不起，是返抵威尼斯双腿一软几乎跌坐在地的马可·波罗吗？），Gigli 在路上寻觅所得的，就是足够他享用几辈子的属于他方异地的厉害颜色。说不清在往后这些日子里，是他好好掌控运用着这些流动的颜色，还是他着魔中咒地被这些神奇的颜色所控制，可以肯定的是这些颜色能量惊人，方圆百里，人仰马翻。被惊吓的被感动的被缠身的，不计其数。

恐怕我得赶忙把那近十年没有穿的 GIGLI 锈绿色裤子拿出来，看看这久违了的爱，还在不在。

要回忆当年那一度热烈的爱如何冷却下来，实情是有点吊诡的。Gigli 年轻时候闯荡过的印度和中东地区，自然对我也散发出诱人魅力，一旦踏足，你就知道往后一定会一次又一次地重来。也就是在这些异乡国度里，近距离首次跟这些一再出现在 GIGLI 服饰中的颜色，坦率原始地相处。然后倒真觉得，无论哪个高手如何刻意演绎，其震撼其感染力都不及原来的真原来的美。也许我还是感激 GIGLI 作为启蒙导引所起过的作用，但也渐渐跟这些华美优雅的再创造保持相当距离。既然不能不切实际地穿上一件真正原产印度有着传统款式和布料的长袍或者阿拉伯的连帽长大衣走在我日常的路上，当然也不必死忠 GIGLI 那隆重得天天像节日的意大利版本异国情调。热情的瞬间退却是始料不及的，但也只有懂得放开手，才能再进一步。

因为种种经营架构的重组，Romeo Gigli 的品牌在 20 世纪 90 年代也一度易手他人。然而作为一位认定了自己创作方向和风格的设计师，他倒没有那么容易败下阵来。1999 年秋季，Gigli 再度出掌 ROMEO GIGLI 品牌的艺术总监，接下来的千禧年更重振名声地在米兰 via

Fumagalli 有了由旧玩具大型厂房改建的陈列展览馆，再一次验证了创作这一条漫漫长路上，花火璀璨也只是一时，到最后较量的还是耐力与韧性。

近年在台港两地的服饰名店中，倒不怎样看得见 ROMEO GIGLI 季度新作的出现，也许这些隔岸的消费者都是贪新善忘的，时装买手就更是趋炎附势，把这曾经一度尽领风骚的名字给打进冷宫。仍然有心的该跑到米兰的旗舰店去，或是浏览一下那实在做得不错的网页，平心而论未有太多意外惊喜，但也总算是风采依然——

那一度退减了的缤纷炽热蠢蠢欲动，仿佛重回 1991 年在佛罗伦萨 via San Nicolo 大宅门外那个温暖晚上。那是 GIGLI 新作的首度发表会，近两百名年轻男女穿着同样多彩的中性服饰，轻松愉快地在大宅四周的石子路上赤足走过，然后更骑着单车在大家面前水一般地流过——

夜渐深，模特儿们也不再是模特儿，渐次与围观的群众重新融为一体。身处其中你会忽然发觉，原来你我都是颜色的一部分，是创作的一部分，是过去未来个人集体回忆的一部分。

01. 北非阿拉伯音乐电音新潮，Bar De Lune 的 ARABICA 系列是进入异乡大门的通行证
02. 1991 年秋冬女装系列，时值大师创作高峰期，绚丽妖娆斑斓炫目
03. 十年前买下的一副 GIGLI 眼镜架，橄榄绿、粗框，不知怎的直到去年才配镜片使用

04. 1990年秋冬男装目录的地球人拼贴,唤起本就色眯眯的一票男生重新感应颜色拥抱世界

05. 移居纽约多年的意大利老乡,自小心仪的画家 Francesco Clemente 同样游走异域,把早年在印度生活的感官经验——写成诗变成画

06. 不顾一切买下心头好,GIGLI 大红绒长大衣披身,宣布每天都是节日

07. GIGLI 的宣传卡片上泼墨泼出淋漓天际,勾画上小小一架飞机,全速尽情漫游

08. 另一位意大利家具设计师 Andrea Anastasio，印度取经十数年，以各种当地材料变化出属于未来的家用品，多元文化孕育的精灵在这里现身，叫人惊讶都来不及

09. 送给身边伴的一瓶唤作 ROMEO 的香水，阿拉伯风的旋风宝瓶，叫人着魔出神

10. 把 Gigli 先生工笔彩绘成印度王子，其实相当配衬

11. 来回走过多少这样的摩洛哥阶梯，当异国情调已经转化成日常生活……

12. 对世界永远充满好奇，对世间人事种种永远积极乐观，笑，其实也是一种厉害武器

延伸阅读

www.romeogigli.it

www.made-in-italy.com

ARABICA I, II, III
vogages into North African Sound
Bar de Lune, 2002

Ypma, Herbert
Morocco Modern
London:Thames and Hudson,1996

Auping, Michael
Francesco Clemente
New York: Harry N. Abrams, INC., 1985

13. 好久都没有穿上这一身鲜艳，只是依然相信旧情未变
14. Romeo Gigli 的米兰自宅，一室都是来自世界各地少数民族部落的装饰艺术品，生活在他方的在地实践

忤逆阅读

1999年春天,寒假结束,收拾心情开学了。

当这群纽约视觉艺术学校(SVA)的硕士毕业班学生,终于等到他们的偶像蒂伯·卡尔曼(Tibor Kalman)为这个学期开的一堂唤作"千言万语"(A Thousand Words)的课,也同时听到一个叫人绝不愿意听到的消息:Tibor患上癌症,而且已到末期。

课并没有被取消,只是一群学生必须到老师家里去上课。每节课长达三小时,日渐衰弱的Tibor Kalman看来还是一贯的幽默风趣,还是如此的严谨挑剔。这位从20世纪80年代初开始一直不断颠覆纽约平面设计界,更在90年代初创办并统领 COLORS 杂志,震撼了全球读者,开拓了杂志图文编辑新方向的极富争论的大哥,在他心里有数的生命最后光景中,还是决定要尽一点心力,指导后辈如何去"看"这个世界,如何用"反设计"的原则与态度去设计个人和社会的未来——

千言万语,在Kalman的理解当中,其实比不上图像来得震撼有力,又或者说,精练的语言文字与挑选编辑得细致的图片配合起来,才能发挥最大的影响力。Kalman在躺椅上授课,给学生一张第三世界贫民窟里少年脚踏、手工制作的纸拖鞋的照片,希望学生由这个影像延伸发展出一本用既有档案照片编成的书,目的是训练学生如何以图像为思考工具,如何暗示如何导引,一些看来无关宏旨、表面上互不相干的影像画面,其实有千丝万缕的潜在联系,"看"就变成一种主动的刺激有趣的"阅读"。

"我们常常不用眼睛来看,我们只愿相信我们已知的,却忽视了我们看到的。""不要接受任何所谓对的正确的真的,永远要问个究竟,做你自己的选择,要做最好最好的选择,对它如自己的亲生。""你在任何一个图像中最能够发现的,是你自己,你怎样看,就是你做人的态度。"……在学生面前，Kalman 随口就是这样精辟的金句。他很凶，扮演的不是一个慈祥长者，但那些被他"奚落"过的学生如今都极度怀念这位挑剔的老师。上过他最后的课的一个男生 Matthew Gilbert 十分感激 Kalman："他是我生命中的触媒催化剂，我现在能够随心所欲地随时重整重组自己，都是因为他曾经狠狠踢我一脚。"

怀念他感激他的当然不只他的学生，他的长期战友和生活伙伴、插画家和作家妻子玛丽亚·卡尔曼（Maria Kalman），他的异父异母异国兄弟、共同创办 COLORS 的拍档 Oliviero Toscani，他在纽约设计界艺术界响当当的兄弟姐妹如设计师 Richard Pandiscio、评论家 Steven Heller、出版人 Ingrid Sischy、艺术家 Barbara Kruger 和 Jenny Holzer……都会在日常笑谈中忆起这位收藏炸洋葱圈、打蛋器和苏打粉的怪叔叔，忆起他们 60 年代在纽约大学念书时积极反越战的热血激进。他众多的客户也肯定会记得某年圣诞节收到一个由 Kalman 的设计公司 M&Co 寄出的礼物盒，里面有一罐苹果汁、一份三明治和一小块牛油蛋糕。这跟纽约慈善团体在节日发给街头露宿者的节日礼盒内容完全一样，只是当中再附有一张二十美元钞票，建议大家可以选用这钱在高档餐厅中吃一客汉堡，或者捐赠给十八位街头露宿者，让他们共享圣诞大餐。这位叫人又爱又恨又尴尬的 Kalman 先生，相信最好的设计会叫人奋起行动而不是一味消费。

作为他的长期追随者，特别是他亲自领航的头十三期 COLORS 的忠实读者，我对这位"忤逆任性的乐观主义者"（老婆 Maria 对老公 Tibor 的评价），对他的敢言敢行，以颠覆和建设为己任的作风，实在佩服不已。还记得在 80 年代中期初次接触到他为流行乐团 Talking Heads 设计的醒目唱片封套，在亲自监制的音乐录影带中把"(Nothing But) Flowers"的歌词投射到主唱 David Byrne 的大头上，浮动的文字一脸都是，八卦的还是设计学生的我查出了这都是一位叫"Tibor Kalman"的家伙的杰作。不久我又在图书馆的杂志中看到他领导的设计团队 M&Co 的古怪产品：一批挂墙的圆形时钟，简单不过的白底黑字黑时针分针红秒针银框盘，可是细看都是捣蛋反叛的玩意儿。当中一个钟面所有的钟点数字都乱了顺序，时空错乱啼笑皆非，另一个钟面只有一个数字"5"，无时无刻不提醒大家该下班该回家该去玩了，又一个钟面的数字都是失焦模糊的，是工作得太累有点儿眼花了吧。这些日常器物的变态版本，都叫人重新审视什么叫正常，为什么我们需要幽默。

90 年代初 Kalman 一度被委任为 INTERVIEW 杂志的创意总监，继 Fabien Baron 之后又将杂志的版面设计风格带到另一个高潮。紧接下来就是主编轰动一时、议论纷纷的 COLORS 杂志。

这本由意大利服装集团 Benetton 投资支持的杂志，在总编 Oliviero Toscani

和主编Tibor Kalman的沟通共识下，与BENETTON当年沿用至今的"Colors of Benetton"集团形象口号巧妙地配合，但杂志却绝不是一本塞满自吹自擂的自家广告目录。有翻过COLORS的读者都知道，每期以一特定专题贯通全书的编辑方法，在当年是首开先河的突破。七八种语言对译五个版本，用上大量档案图片配上精简图说文字，触及的内容如"艾滋病""旅行""运动""生态""血拼""天堂""宗教""街头""种族""性"等等既普及又具争议的选题。Kalman并不是要做一本潮流时尚杂志的主编，他日思夜想的梦幻理想职位是1957年前的LIFE杂志主编。他简直崇拜当年的LIFE，也希望把他喜爱的《国家地理》（NATIONAL GEOGRAPHIC）的世界观和Neville Brody时代的THE FACE杂志的前瞻设计美学都共冶一炉。Kalman发出去的印有COLORS杂志主编身份的名片上，用英、意、西、法、德、日六种语言印上的一句说明——"a magazine about the rest of the world"，就充分说明他对世俗的庶民的日常的人时地物的关注和喜好。纵使全球政治经济社会民生是如此纷乱变幻，他还是乐观的，他真的相信明天（应该）会更好，他相信未来属于有理想有抱负、敢于尝新突破的年轻人，以及心理年轻的中年如我辈。

在COLORS杂志的四年任期结束前，Kalman编了一本以纯粹图像绵延贯串的无字天书第十三期。以放大了的彩色瞳孔为封面（多么像一个地球！），从外太空开始一直把镜头拉近我们的自然环境、动植物、都市、

01. 让我们谈时装，谈性，谈死亡，让我们认真地谈艾滋病。COLORS第七期是艾滋病特辑，以大量图文进行预防艾滋病的社教工作
02. 关心动物爱护动物，从一个血肉模糊不忍卒睹的封面开始
03. 给你一盒最简单最原始的彩色粉笔，看你画一个怎样的彩色世界

04. Tibor Kalman 最喜爱的一幅笑口常开的肖像,是 1992 年游印度孟买时,一个街头肖像师画的

05. Tibor 的伴侣 Maria 是纽约著名儿童书作家,又写又画怪怪故事,颇受大人小孩欢迎

06. 患病末期仍然坚持在家里授课,言传身教叫他身边的学生永久怀念

07. 早期 Tibor 的设计工作室 M&Co 设计生产过一批腕表与挂墙时钟,早已成为同好收藏品

08. 如果英国女王是黑人,如果罗马教皇有亚洲人的肤色,如果迈克尔·杰克逊如愿地变白了,COLORS 第四期种族专辑的排版手稿和报章头条

09. 创意点子特多的 Tibor 当然也是怪怪先生，搜集炸洋葱圈是他其中一项嗜好（是收集，不是吃！）

10. 收藏打蛋器也是他众多的兴趣之一

11. Maria Kalman 的插图作品一幅，有其夫必有其妻

12. 曾经担当过纽约 INTERVIEW 杂志的美术总监，谁敢说 Tibor 没有时尚潮流触觉？

建筑、交通、垃圾、食物、脸孔、身体、服饰、动作、性、暴力、战乱、伤亡,到最后回到精与卵,回到最原始的细胞组织,宏观到微观的竟又是如此相似的画面。没有文字解说,连唯一一页有字体编排的,都是一些刻意读不通的假字,无言以对,"欲辨已忘言"。

他一直相信社会主义,相信必须乐观,相信集体分享。他也一直积极地用心用力去看,并且想方设法引领大家去看,看出这个社会这个国家的种种不是,看出这个地球周边人事关系之间还存有的真善美,值得珍惜与否,都是阁下的选择。——"我不是对'美'反感,只不过它听来叫人纳闷",Tibor Kalman 曾经如是说。

延伸阅读

www.salon.com/people/obit/1999/05/kalman/

www.adbusters.org/campaigns/first/toolbox/tiborkalman/1.html

Kalman. Tibor and Maria
(un)Fashionp
New York: Abrams, 1999

Kalman, Maria(edit)
Colors, a magazine about the rest of the world
New York: Thames & Hudson, 2002

Kalman, Maria
Chickhen Soup, Boots
New York: Viking, 1993

Hall, Peter, Bierut, Michael, and Kalman, Tibor
Tibor Kalman: Perverse Optimist
New York: Princeton Architectural Press

Farrelly, Liz
Tibor Kalman: Design and Undesign

13. 夫妇俩合作编著的一本走在时装潮流之前的(非)时装书,叫大家再次觉察设计与生活的真实关系
14. Tibor Kalman 编辑任内的最后一期 COLORS 杂志,整个专辑八十九页一气呵成没有文字,让厉害图片自行发声

供求追逐

他问我,什么事会叫我最不高兴。

吃到不好吃的食物,坐在不舒服的椅子上,碰上不尊重人的人,以上分别发生,又或者,倒霉地一起发生。

但还好,我补充说,还是有很多很好吃的食物,例如冬天里的一碗生炒腊味糯米饭撒上葱花再加上一条皮脆汁鲜的蛇汁鸭润肠;还是有很多椅子是舒服的,例如英国设计师 Ross Lovegrove 为意大利品牌 DRIADE 设计的一系列有机形体组合塑料单椅,说它是花瓣是翅膀是游鱼甚至是海豚,都可以,就是跟身体有一种亲密关系;而身边的一群伙伴能够这么多年一直合作下来,也就是能够互相信任互相尊重互相体谅——加上我记性不好,不高兴的很快就忘掉,开心的都难忘。

食物,椅子,人,好像这个世界就可以这样简单快乐。

当年有启蒙老师引路,在一个阳光明媚的四月天,第一回到米兰郊外探访著名家具品牌 DRIADE 的厂房,认识它们的负责人和设计师,而在这一切认真的"公事"发生之前,先来的竟是一顿丰盛美味的露天花间自助午宴。

好像一次就把最好的意大利家乡道地美味都吃过,精彩得一边吃一边轻叹,那是如此震撼丰盛的一次视觉的味觉的嗅觉的触觉的奖赏,加上那不断续杯的冰冻白葡萄酒,我在一种极兴奋高昂的状态下有点严肃地告诉自己,一定一定要把这种甜美生活经验跟大家分享。

这也许可以解释为何我日后如此疯狂地迷上意大利美食意大利设计,当然爱的还有意大利人。

母亲一般的安东尼娅·阿斯托里(Antonia Astori),

女建筑设计师,创立 DRIADE 品牌的阿斯托里(Astori)家族中人。兄长恩里科(Enrico)负责的是整体市场营运,Antonia 就领导起整个设计团队。坐在我面前的 Antonia 优雅细致,轻轻道出自己作为一个女设计师如何在男性主导的意大利设计圈子立足。从 70 年代中期参与设计展览场地空间开始,其后一直发展家居储物间隔系列,从结构上改变和影响家居环境质素,近年开发的厨房组合,以至针对年轻家庭的 DRIADE STORE D HOUSE 家用品系列,都是逐步深化贯彻一种理想家居生活概念,用有限的资源,在创意主导之下结合实际。——你最拿手的菜式是什么?我问她。改天晚上到我们家里你就清楚了,她笑着说。

因为 DRIADE,一个既踏实地维护意大利创意品质也致力联系国际设计精英的品牌,叫我先后接触认识到来自五湖四海的设计前辈:西班牙谦谦君子般的 Oscar Tusquets;热情夸张的多产法国大兄 Philippe Starck;波西米亚迷情典范 Borek Sipek;以色列"钢"人 Ron Arad;近年人气急升的来自日本的吉冈德仁;当然还有一票意大利高人如 Alessandro Mendini、Enzo Mari……所以我们平日说的意大利家具,准确说来,应该是意大利厂商生产的、有着全球优秀创意的设计品。环顾纵观也只有意大利才有这样的条件能力与承担,让来自不同文化的创作者有发挥有表现,海纳百川,扬的是家国之名,而能够超越本土、进军国际的好几个意大利家具名牌如 KARTELL、CAPPELLINI、MAGIS、ARTEMIDE、FLOS 以及 ALESSI,无一不是走的这种路线。

打从 CAPPELLINI 早期在时装朝圣大道 via Monte Napoleone 有了大型陈列室开始,集团新一代领导人 Giulio Cappellini 刻意改革求新,同样大打国际牌,汇集行内一级老将新秀,诸如 Jasper Morrison、Tom Dixon、James Irvine、Marc Newson、Werner Aisslinger、Ronan and Erwan Bouroullec,以至越界的平面设计旗手 Fabien Baron,甚至时装搞怪绅士 Paul Smith,等等,更先后把旗下生产线细分为 Collezione 经典系列、Mondo 世界系列、Oggetto 饰品系列、Units 临组合系列,以及 Extra Cappellini 非常系列。在艺术总监 Piero Lissoni 的指挥之下,店堂内前后左右总是一组又一组精心计算的装置场面:家具、艺术品、花艺以及那来来往往或站或坐的各式人等,煞是好看。及至扩充成另外两个店面,加上每年家具展都抢先在开幕前一天举办超大型派对,CAPPELLINI 的风头一时无两。好几回在那些人山人海眼花缭乱的派对里,来宾大概都忘了身处其中的原来目的。没办法坐进那堆满了人的沙发当中,被开合翻掀得太厉害的书柜衣橱有太多的手印指纹,原来摆放得好好的花草树木都东歪西倒,更不用说大家蜂拥着的那一盘一盘的精美点心以及喝得有点匆忙的红酒白酒——生活的忙乱以至家居的真相倒在这些场合凑巧地如实呈现。实在没有谁的家里一天到晚都像陈列室样品屋,既是如此,作为观众来宾也心领神会欣然享受。

如果有一样东西叫意大利品味,这品这味是可以入口的,可以躺坐的,可以穿戴的,是大理石一样光滑的,是木材一样有纹理的,是玻璃一般通透亮丽的,是刺绣和挑花一样精细绵密的,是马赛克一样多彩多变的。自小在一个对生活有要求有坚持的氛围下,穷得风流富得快活,总也不太饿着,吃进去都是真滋味,吸收转化为自然不过的创作能量。

很多关注设计潮流的人,每年都会把 CAPPELLINI 与另一优秀品牌 KARTELL 作比较。由 Giulio Castelli 创立,以生产塑料家用品和家具起家,已经有五十多年历史的 KARTELL,一直是行内愿意致力投资研发新物料新造型的主攻型厂家。60 年代有 Sapper Zanuso 及 Joe Colombo 等大师坐镇,层叠塑料桌椅一马当先;70 年代家喻户晓的储物组合是女设计师 Anna Castelti Ferrieri 的作品;80 年代以降更是风云际会,响当当的大名如 Philippe Starck、Ron Arad、Antonio Citterio、Vico Magistretti 都是 KARTELL 产品系列中举足轻重的角色,而且塑料生产技术不断的突破开发也彻底消除了消费者向来对塑料家具的疑惑厌弃。KARTELL 稳守塑料一哥的地位,五十多年来的 KARTELL 产品目录,赫然就是一部资料详尽、范例丰富的塑料开发研究生产推广史,管它什么波普

01. 每年米兰家具展在 CAPPELLINI 的超大型开幕酒会中,大家争相取阅的就是这一份厚厚的当季新品目录,环保人士又会皱着眉头为砍掉的树默哀了
02. 曾几何时,CAPPELLINI 还每半年出版图文编印精美的软推销广告杂志,成功树立品牌形象应记一功

03. Ron Arad 为 KARTELL 设计唤作 H&H 的塑料层架储物组合，H 是个基本形，叫我想起香港早期的徙置区（20 世纪 50 年代香港为安置天灾灾民及新移民而兴建的公共房屋）

04. 由 DRIADE 女当家 Antonia Astori 一手主导设计的储物组合系列 Kaos，开放式的 Kaos 与生活中的 Chaos 相呼应

05. 英国设计中坚 Tom Dixon 早年为 CAPPELLINI 设计的以草绳编成座背的 S Chair 重新换上 CAPPELLINI 字样的外衣，犹如宣传看板

06. DRIADE 针对年轻市场的 D House 系列，从厨浴用品到餐饮器皿到花盆灯罩衣架枕褥一应俱全，争取品牌的渗透影响力

07. Philippe Starck 经常出怪招,搞鬼设计的 Gnomes 树林精灵是椅也是桌,户外室内都出场

08. 跨过三十个年头的 DRIADE 在 1995 年出版纪念特刊,详细记述一路走过来的成败经验

09. 捷克设计师 Borek Sipek 当年在 DRIADE 旗下接连发表了一系列惊为天人轰动一时的波西米亚风玻璃制品,随着他淡出国际设计舞台,这批又脆弱又结实的作品更见珍贵

（Pop）的后现代的高科技（Hi Tech）的风潮，KARTELL 都有它的一个位置。跨进 21 世纪，KARTELL 更肆意尽放，在全球家用品市场上开枝散叶乘胜追击。

有家族生意有集团经营，作为一般消费者的你我在这些意大利顶级设计生产团队的相互竞争比拼当中，依然惊艳于面前繁花盛放的景象。我们是贪心的，不买也看看，看多了也就更懂得作比较作选择作决定，供求关系也是某一种的爱恋追逐，我还是愿意这样天真浪漫地相信。

延伸阅读

www.cappellini.it
www.kartell.it
www.driade.com

Irace, Fulvio
Driadebook
MilanoSkira,1995

10. 不断提携新秀也是 CAPPELLINI 让自家品牌保持年轻的法则，法国兄弟双人组 Ronan & Erwan Bouroullec 一张以日本武士造型为灵感的单椅就唤作 Samourai

11. 当年广受欢迎的 cap 期刊，如今已经成为设计迷收藏拍卖的珍品

格格好色

做了一个怪梦——难怪我的中医一直说我肝热胃虚——醒来还历历在目,而且冀盼梦境成真。

我被一群不认识的人玩闹着抱起抛进一个游泳池,游泳池中当然有水,而我在池中浮沉之际,清楚看见泳池池底镶满漂亮的马赛克——不是平日那千篇一律的水蓝水绿,更没有那比赛跑道的分隔线,那是一整幅星空景象,蓝黑幽玄,神秘深邃,当中还镶满闪或闪烁的金和银,仿佛如经典太空历险电影中某某不知名彗星一般向我冲来。我浮在水中,不,是浮在太空中吧,两者是那么的相似,一种无穷的兴奋。

然后就醒来了,然后就真的到社区的游泳池游早泳。7时15分,泳池中风雨不改、积极练水练气的还是那几个熟悉的。我有点纳闷地游毕今日的二十个来回,沉浮中鸟(鱼?)瞰池底,还是那一片水蓝,中间换了彩一点的颜色,镶拼出社区的标志:一只胖胖的飞不动的鸟。我湿淋淋地从泳池中爬上来,一身氯的怪味。

为了健康,大家早起游泳,为了卫生,泳池放了过多的氯清洁剂,那是怪怪的一种逻辑运作,因此我会有额外的要求——例如泳池底是否真的可以镶嵌出一些有趣的图案,即使不一定震撼如浩瀚星空,也许可以是西班牙建筑大师高迪(Gaudi)的斑斓有机随心所欲,又至少像旅美英国艺术大师大卫·霍克尼(David Hockney)一般,把自家泳池铺成自家的一幅出道经典《水花四溅》(*A Bigger Splash*),池底就是一弯一弯涟漪水纹,像真的油画笔触。

多一点心思多一点功夫,抬头或者俯视,都不一样。

因此我每次碰到老相识T,除了不得不有点八卦地跟他聊起他又替哪一位天王天后量身设计定做演唱会中叫人目瞪口呆眼前一亮的歌衫舞衣，我还是对他曾经开的那一间小小的服装店的更衣室很是怀念。那是一个窄窄的空间，里面全都铺满白色的马赛克，请注意，不是一般程序的叫师傅一整幅地铺上去，而是把每一小方格马赛克用人手故意敲走直角，做成不规则的有点用旧了的感觉，然后一格一格地再嵌成四面墙。——由于所费需时，他的店的开幕一延再延，据说还不惜纳空租，就是为了要完成那经典的马赛克更衣室。

马赛克，一种自小熟悉不过也不当一回事的建筑装饰材料，俗称纸皮石，其实跟纸跟皮甚至跟真正的石都没有关系，真身是一格一格的小方砖。只是砖都铺在纸皮上，一整块方便施工，就得到了纸皮石的叫法。小时候的纸皮石很便宜，都用来铺厕所、浴室、走廊等等功能性的居室空间，除了鲜用的素净的白，习惯都是蓝呀绿呀夹杂粉红咖啡黄的俗艳组合，所以自小一直对纸皮石没有好感。七八十年代忽然流行起用纸皮石铺大厦外墙，不知怎的铺上去的也是叫人尴尬的灰灰暗暗的沉闷颜色，而且耐不住风吹日晒，过不了十年八年都一格一格地掉下来，望去斑斑驳驳的，很危险也很恐怖。

直至大学时代背着背囊浪荡，欧洲古老教堂外墙壁面以至室内天花板众多以传统马赛克技术镶嵌的壁画，叫我重新对纸皮石／马赛克有了认识。面前墙上用的当然不是大量工业生产的方砖，却分别是石头、玻璃、手制瓷砖以至贝壳，切割雕琢成所需大小，然后再按需嵌拼出腾空的天使、显灵的诸圣，以至天上人间山川风貌宏伟建筑。用上这些马赛克手法和材料的壁画，远比传统壁画的天然颜料耐用得多，尤其是金属颜色的表现，还记得威尼斯圣马可广场教堂外抬头的那一墙壮丽，斜斜日照下那原是背景的金色格格，成了震撼慑人的主角，显示了威尼斯当年的宗教政经权威，万方来朝，带回去的肯定是这金黄耀眼的意象。

继承这辉煌夺目的马赛克传统，意大利至今还是建筑装饰物料市场上生产高级马赛克材料的主要供应地。近年全方位出击的生产商 BISAZZA，更矢志成为领导马赛克潮流的一员猛将。

BISAZZA，名字本身就是二十克拉黄金的手工切割的珍贵的马赛克的专称。创立于1956年的这一家规模小小的工厂，一开始就以承传优秀传统工艺为经营宗旨，不只重新研制高档的黄金马赛克，更把17世纪流行于威尼斯的一种人工合成石材 Avventurina 重新研制——此种有如发光宝石一般的玻璃马赛克得以在市场上重新出现。至今 BISAZZA 提供的几大系列产品: Opus Romano 表面如凝脂一般晶莹; Vertricolor 就以将白色晶体渗于艳丽色彩中著称; 至于变化多端的 Le Gemme，小小方格已经有动态如流云如翻浪，其实一厢情愿地更觉得它们像糖果，那种甜得要眯着眼才吃得下小小一口的。

　　单单向市场推出缤纷八彩当然不足够，BISAZZA 玩的也是意大利中小厂商最拿手的游戏：按部就班先找来国际级意大利设计师 Alessandro Mendini 做艺术总监，以增强品牌本身与国际接轨的能力。Mendini 在任职的 1994 至 1998 年，促成了国内外大小展览以及与艺术家设计师的众多合作生产计划。近年接班的新秀设计师 Fabio Novembre，更是野心十足地把马赛克材料应用到更多室内室外的私人及商业空间，加 2002 年在米兰高级时装街区开设陈设室，2003 年在纽约苏豪区也再接再厉，配合上有若时装广告的媒体宣传攻势，叫大众把马赛克—流行—BISAZZA 连成一体，漂亮地赢得不少掌声。

　　走进米兰街头的 BISAZZA 陈列室，刚巧碰上他们的周年小酒会，以玫瑰花为春季主题布置的小小空间，一端作泳池／浴室装潢的水池中撒满玫瑰花瓣，还有一群人手中端着有玫瑰花香味的香槟，空气中飘散的是玫瑰香氛，接待的美女们穿的薄纱裙也像片片花瓣，墙上的巨幅马赛克镶拼的是绽放的红玫瑰白玫瑰紫玫瑰，格格好色格格无保留，分明是简约潮流泛滥后取而代之的新一波奢华绚丽。

　　忽然觉得这马赛克风格与 20 世纪初的点彩印象派风格有异曲同工之处，又与目前电脑应用中的像素（pixel）放大相若，毕竟你我从来都是好色的，我这样说，看来你不会反对。

01. 送花再不是办法，如果你可以自己动手用马赛克拼贴出一墙玫瑰，包管心爱美眉会跟你走
02. 设计坛怪叔叔 Alessandro Mendini 也曾一度执掌 BISAZZA 的创意部门，大量利用传统的马赛克技术进行跨界艺术设计创作

03. 叫作纸皮石是有根有据的，看似简单的铺贴方法还是不敢动手 DIY

04. 真材实料黄金 BISAZZA，看看就好，大抵不是你和我的玩意儿

05. 古老的技术在今时今日得以崭新地演绎，应用在更多的公共空间当中

06. 在众多漂亮颜色中要挑出最爱也绝对不容易

07. 天蓝海蓝愉快明亮，游泳池和 spa 中用上马赛克是最搭配的

08. 从欧普（Op）到波普（Pop），大胆设计出醒目图纹，将马赛克的应用可能推到极致

09. 靠近一看有几十种蓝几十种灰几十种黑，上帝就在细节当中

10

11

延伸阅读

www.bisazza.it

www.ateliermendini.it

www.novembre.it

home.swipnet.se

Novembre, Fabio
**Frame Monographs of
Contemporary Interior Architects**
2001

10. 建筑师 Carlo dal Bianco 设计的一幅大型马赛克玫瑰墙，叫坐落于维琴察（Vicenza）的 BISAZZA 总部忽然成为观光景点
11. 威尼斯圣马可广场教堂内外都有传统马赛克墙饰壁画，精致耀目，令人叹为观止

在繁花中

是 PUCCI（普奇），不是 GUCCI（古驰）。

对，关于 GUCCI 的故事也许听得太多了，GUCCI 前朝家族的兴家败家恩怨内讧早已成过时的茶余饭后，乐此不疲地推销性感的汤姆·福特（Tom Ford）层出不穷的软硬情色花絮依然每季刺激众生，再有点生意眼的都在八卦哪个哪个集团即将成功收购 GUCCI 的多少多少股份，有人竟然把 GUCCI 的两种香水 ENVY 和 RUSH 混在一起涂在颈项耳梢，太热毕竟必须降温，冷眼看潮流兴衰，忽地十分十分怀念 PUCCI。

某年发了疯地把三分之一月薪拿来买了一套剪裁贴身的黑色 GUCCI 礼服，到如今这么多年过去实际也只是穿过一次出席挚友的婚礼。如果现在筹得这一笔"巨款"要再来消费一次，我一定会买一袭真丝的印满 PUCCI 经典彩色纹样的全身花裙，给她穿——如果她肯脱下她平日穿得破破烂烂的 T 恤和牛仔裤的话。

常常说笑，真正认识了解我的人该知道在我一年四季的黑白灰简约外表的底里，是那躁动的不甘心的七彩斑斓，不是 GUCCI，是 PUCCI；是那迷幻的、热情的、甜美的、万花筒一般的放肆，那种浮在半空的生活。

周日午后还得工作，只是赶赴下一个采访目的地之前，刻意也要拐进米兰 via Monte Napoleone 名店街的巷里，去看一眼今季 PUCCI 的颜色与纹样。太熟悉，也可以说是根本没变，就跟十多年前学生时代在设计系里资料室第一回认识 PUCCI 这个显赫名字的冲动感觉一样——是谁可以把颜色组合得这样跳脱强烈：彩蓝、桃红、翠绿、鲜橙、鹅黄、粉紫……几何的有机流动的图案，抽象的具象的纹样，胆色惊人地游荡于古典与未来，在俗艳与贵气的边缘走险，看过一眼以后一定会认出这就是原创的唯一的 PUCCI。自此一想到七色八彩颜色组合的典范极致，就是 PUCCI。

室外阳光正好，眼底一切颜色都格外鲜明，就借此机会在大太阳下晒晒那收藏多年的一大叠关于 PUCCI 的来自五湖四海的剪报资料吧，顺便再来八卦一下——

埃米利奥·普奇（Emilio Pucci, Marchese di Barsento），意大利佛罗萨 PUCCI 家族 20 世纪最显赫的一个名字。1914 年出生的这位一生都高挑瘦削风流倜傥的侯爵，身体里流着的是意大利、法国、俄国贵族的蓝血，年少时代是意大利滑雪国家队选手，第二次世界大战时是空军机师，大学时代在美国完成硕士课程，主修社会学，后来回到意大利修的是政治学的博士学位。既然是侯爵，他当然住在家族的古堡大屋里，外头的街道就以 PUCCI 为名。——虽然说在地灵人杰的佛罗伦萨说不定在餐厅里给你端咖啡的服务生也是贵族后裔，但聪明的侯爵天生就是一个懂得利用自己贵族身世传奇的高手，恰如其分点到即止地把这巧妙安排在相关宣传推广上，百战百胜。

PUCCI 侯爵当然有一股世家子弟的矜贵气，但他经营起自己真正的事业却不是玩票性质的。从设计给自己穿的滑雪运动服和休闲服开始，他也为他一生钟爱的女人——不止一个——设计他理想中的女性形象。穿在身上披在头上绾在臂弯铺在床上的都是那千变万化的 PUCCI 色彩和图案，款式剪裁倒是干净利落简单的，这无疑是一种很成熟的计算安排，巧妙地平衡了保守与放肆，准确地击中了五六十年代全球经济起飞时消费能力上扬的集体情绪。

一个谈吐优雅、英语说得比美国人还要流利的意大利侯爵，怎能不迷倒相对天真简单的美国上流社会名媛。PUCCI 成功地在四五十年代后期打进美国市场，受到当年潮流领导刊物 *HARPER'S BAZAAR* 主编大姐大 Diana Vreeland 的高度赞赏，得到大百货公司 NEIMAN MARCUS 的大力推广与支持。从早期的登山滑雪装束到中期全盛的艳丽七彩飘扬图案到后期的更有印度、南亚、非洲异国风情的瑰丽刺绣闪亮珠片，都得到那群有钱太太的厚爱。

从索菲亚·罗兰到英格丽·褒曼到伊丽莎白·泰勒到凯瑟琳·肯尼迪都是 PUCCI 迷，更不能不提经常一身 PUCCI 的玛丽莲·梦露，相传梦露离世躺在棺中穿的，也是 PUCCI。

你说这"PUCCIMANIA"是羊群效应吧，但在那个时代那种气候那种音乐当中，连羊也是这么活泼多彩、蹦跳向上的，也真不错。至少那是一个积极正面的放任期，PUCCI 侯爵为登月的美国太空人设计纪念章，为传奇的 BRANIFF 国际航空公司及澳洲航空公司（QANTAS）的空服员设计过制服，为福特车厂设计 Lincoln Continental Mark Ⅳ 豪华轿车，为派克设计金笔,还替 ROSENTHAL 设计陶瓷餐具,还有家居床上用品、沙滩泳装泳裤、内衣裤袜……侯爵先生层出不穷的设计灵感来自他深爱的意大利美艺传统,来自他对现代艺术尤其是欧普艺术的热衷,来自他优裕的甜美生活。他很早就在上流社会钟爱的意大利度假小岛卡布里(Capri)开设精品小店,推广的就是那种永远度假的奢华浪漫。作为一个无关痛痒的观众,我倒真的很欣赏他这样亲力亲为,野心地努力地不停计划不停工作。

20 世纪 60 年代后期,美国总统肯尼迪遇刺,纯真美国梦正式破裂,紧随的一连串社会动乱、嬉皮潮、经济衰退、越战……总形势大环境急剧转变,PUCCI 在美国一度掀起的流行热潮萎缩式微。年事渐高的侯爵却没有就此倒下,转而低调地有选择地维持一定的设计产量,温柔而精致。女儿劳德米娅(Laudomia)为副手的 PUCCI 家族生意没有急急转营改变风格以配合 80 年代新一波的女强人设计潮。直至 1992 年侯爵离世,及至千禧年间,财雄势大的法国名牌集团 LVMH 终于收购了 PUCCI 的 67% 股权,选派了一直心仪 PUCCI 设计的法国设计师 Christian Lacroix 上任,从 Laudomia 手中接过创作总监的大权。2003 年首度发表春夏新装,时装媒体反应异常热烈,风头一时无两。

随着 PUCCI 的经典图案色彩在衣饰家具家用品各个设计领域不断曝光,这个一度滑入低微的传奇得以重生延续。

01. 阳光、海滩、度假中的女人,一向是 PUCCI 设计的图案颜色纹样的灵感来源。随身的旅行袋、贴身的比基尼,斑斓、性感、放纵

02. 法国名牌集团 LVMH 在千禧年收购了 PUCCI 公司 67% 股权,法国设计师 Christian Lacroix 自 2002 年接任 PUCCI 任创作总监,于 2003 年首度发布春夏新装,矢志将经典老牌在国际时尚舞台上重新发扬光大

03. 从头到脚都是度假气息，意大利南部度假胜地卡布里岸边，噔噔噔踩一双这样的高跟鞋走过来的为数也不少

04. PUCCI "发源地" 佛罗伦萨，皇族贵公子 Emilio Pucci 尽得形采风流

05. 刻意找来自家民间土布冲击一下，开 PUCCI 一个玩笑

06. 意大利家具品牌 CAPPELLINI 也于 2001 年推出了由 Patrick Norguet 设计，用上 Emilio Pucci 图案纹样的沙发系列 Rive Droite

07. 身为PUCCI纹样图案的死忠崇拜者,自然不放过收集每一本目录每一张服装秀邀请函

08. 一度在坊间出现过的PUCCI纹样的家饰配件以至陶瓷,看来在未来日子会大红大热

09. 对颜色要有足够的迷恋,对生活要有过人的热情,才可以设计出这样炫目厉害的图案

10. 手执一本酷酷的黑胶皮指南,去认识属于Emilio Pucci的彩色的佛罗伦萨

对于从来就钟情PUCCI的忠实支持者如我，PUCCI是否能再度成为流行热卖，其实一点也不重要，PUCCI已经是20世纪时装设计史中一个掷地有声的名字，一个值得研究讨论的潮流文化现象。眼下近年甚至当季的一些显赫名牌，当用上厉害颜色纹样时，实在也与PUCCI当年的设计有七分神似。潮流来去，唯是真正的颜色不会褪。天时地利人和，Emilio Pucci把一个人在其本位的权利实践义务完成，而且爽快漂亮。这位来自佛罗伦萨的一代设计巨匠，有一回在纽约中央公园跟友人散步聊天的时候，在痛骂意大利官僚和政客祸国殃民，为当年的意大利国势忧心忡忡之余，还是很骄傲地表白，他知道自己永远钟爱的，是一个真正的意大利。

延伸阅读

Settembrini, Luigi(edit)
Emilio Pucci
Firenze: Skira, 1996

www.emiliopucci.com

www.christian-lacroix.fr

www.lvmh.fr

www.florencebiennale.org

11. 在PUCCI家族豪华大宅里，刚退位让贤转任PUCCI形象总监的Emilio Pucci女儿Laudomia，对PUCCI品牌未来的发展充满信心

12. 风格跳脱色彩亮丽，PUCCI资料档案室存有超过五百种历年累积下来的图案纹样设计，简直就是用之不竭的宝藏

三色四性

当男人们糊里糊涂地被推到前方或狩猎或打仗，流血流汗之后被簇拥册封成为父权第一性，当一群昔日妇女解放先锋当今女性主义姐妹策略性地以第二性自居，当生活在你我周围的男女同志、易服扮装者、变性者、双性恋者在种种误解歧视和迫害之后挣扎成长，讨回一个也不知是否平等公道的第三性的标签，第四性就来了。

第四性，并非乘飞碟降世的外太空来者与慕名投怀送抱的地球人一起干了好事之后的结晶宝宝。第四性，是我们身边的未成年未定性少男少女，他们在我们成年人一手造成的残酷世界里面，以无比的忍耐、勇气和创意在生活着，在有限的鼓励和支援下，承受着比成年人更大的压力、更多的不公平不合理。但因为青春，所以可以更放肆更不规矩，可以更自闭更失落，可以更进取更有理想，可以更有弹性和空间地选择自己的性向——挑战天生属性，鼓励后天转性不定性，这是第四性的定义中与"性"有关也超越"性"的有趣的一点。

"第四性：极端的青少年"（"THE FOURTH SEX: ADOLESCENT EXTREMES"）是2003年初在意大利佛罗伦萨举办的时装双年展的主题。从1996年开始，以时装文化生活为策展方向的双年展联系动员起国际一线时装设计师，探讨时装如何作为集体消费文化中的领航角色，以及时装与其他创作媒介包括电影、音乐、文学、建筑甚至饮食之间的千丝万缕关系。身为创作人，时装设计师不仅要与时并进，更必须争先走在群众前面，而这个能够先行的灵感和能力如何获取，也是一个令观众好奇注目的好题材。

几届时装双年展下来，不同的策展组合分别举办过意大利时装前辈埃米利奥·普奇（Emilio Pucci）的首届回顾展，也专题探讨过时装与电影的关系。2003年新鲜热辣的这个把"边缘"青少年称作第四性的展览，就是察觉到青少年既是时装潮流产品的主要消费群,也同时以自发的行为习性装扮,直接影响着比他们年纪大上十年二十年的时装设计师,直接影响着时装大潮流。这回作为策展人之一的比利时设计师拉夫·西蒙斯(Raf Simons),也就是以街童穿着配搭为设计精神著称、被时装评论者喻为成功挑战并改变了传统男装风貌的主将。

被邀作第四性策展人,Raf Simons实在当之无愧。从来都不喜欢把自家设计的衣服穿在专业模特身上的他,每季走秀时都在街头找来一大群未成年的瘦瘦削削的青少年,穿上那些本来就像他们自家的宽宽长长的有点不称身的T恤长裤和外套,当中从纹样质料到剪裁,都常常很有军服和救生衣的感觉——这也就是第四性的处境吧。——在一场不知何日会结束的青涩的彷徨无助的不知谁胜谁负的战争中,青春是最大的本钱最厉害的武器,但分明青春会过去,那个未来是大家真正想要的吗?一旦成为叫人作呕的成年人的其中一员,第四性的光环冠冕会就此消失吗?

来自比利时时装重镇安特卫普近郊的一个小村镇,Raf Simons自言不是那些家庭破碎缺乏父爱母爱然后离家出走嗜酒吸毒的少年人,他的青少年时代很幸福很正常,因此也很沉闷,一种富裕的沉闷。直至年长直至世界慢慢广阔,也就发觉不能这样无聊下去。为边缘而边缘、为反叛而反叛固然不是解决方法,但换个角度去重新看这个世界,多一点质疑追问多一点积极建议,能够保持赤子之心也就是因为预留有一些犯错的空间、边缘的空隙给自己,因为当中有无限的好奇。

正如从来就离经叛道的美国摇滚乐手Marilyn Manson在一次对谈中,被问及他对受他影响至深的第四性青少年有什么忠告,他第一时间的回答是,我们不要自以为是过来人,给他们一大堆生活百科宝鉴,重要的是要用心聆听他们的喜怒哀乐,由他们自己发声说话,给他们自由和空间。这完全是一矢中的的深入体会和透彻看法,也正因如此,我们才有资格和青少年在思想行为上接轨,有机会跟他们在未来的世界里了解沟通。

一群早已长大成人但看来还像不羁少年的国际级创作人,兴高采烈地参与这次双年展的展览部分,当中有长期拍摄街头青少年成长纪录片的美国导演Larry Clark,他的赤裸的纪实影像从不避讳青少年与性的直接关系;英国雕塑装置艺术家Jake and Dinos Chapman兄弟班;以卡通和真人玩偶做尽可以做的性与暴力与权力与战争与爱的好事坏事;英国时装摄影师Nick Knight出道早期的一辑拍摄光头青少年一族(Skinhead)的照片重新出土;日本当红艺术家村上隆在他与LV合作花花手袋之前有他的经典雕塑作品"寂寞牛郎",一个日式卡通男生裸身手淫,射出幻彩精液长长如彩练当空乱舞,孤独自恋空虚百分百；英国摄影师 David Sims 亦把与他合作无间的奥地利时装大师 Helmut Lang 的名牌世界来一个反名牌的演绎，探讨质疑这个成人的时装世界究竟对青少年价值观有怎样的正反面影响。当然还有从来反叛的德国摄影师 Wolgang Tillmans、英国女将 Corrine Day，连大姐大川久保玲也不甘后人，可见得真正有心与青少年同声同气的老人家还是很积极踊跃。

尝试找十个就在你身边的八岁到十六岁的少年男女，问他们以下的问题：什么会令你快乐？你心目中的英雄偶像是谁？你最喜爱的音乐是什么？你最喜爱的书本是什么？你觉得你的父母最好和最差的地方是什么？你如何能够令世界变得好一点？当你二十一岁的时候，世界会变成怎样？

听听他们如何回答吧！千万不要扮演裁判或者监护人。无论你同不同意这个第四性群体的论点，也许第五性和第六性也快要出现，能够有幸接近其实不应陌生的社会新势力新动能，你实在不必稀罕一个迂腐的长辈身份。

01. 佛罗伦萨时装双年展"第四性"（The Fourth Sex）的平面海报，策展人之一比利时时装设计师 Raf Simons 一直对街童文化对青春反叛投入关注
02. 我们都是这样长大的？又或者其实你一直都不愿意长大，不能长大──

03. 永远年轻的法国叛逆诗人兰波（Arthur Rimbaud，台湾译作"韩波"），有如彗星一样飞逝的他最蔑视的竟是自身洋溢的才华

04. 容许自己留住艰涩成长的点滴经过，纵使现在看来是如此的幼稚可笑

05. 为什么 Raf Simons 每一季的创作都如此感动人？因为从他对衣服对社会对生命的态度中，我们看到了过去的自己，一种久违了的青春

06. 曾几何时共同都拥有过的一件米老鼠 T 恤，真叫人有点难堪地面对早已变形的身体

07. 你说他惊世骇俗也好,哗众取宠也好,美国摄影师兼作家兼导演 Larry Clark 让镜头下的年轻人赤裸裸地暴露了无助的身体,以及空虚的精神状态,也更直接地批判了成人世界的卑劣无能

08. 英国摄影师 David Sims 是 Raf Simons 的合作好拍档,系列作品 "isolated heros" 中的街童头像,从脸容到眼神到发型,告诉大家什么叫倔强自信,什么叫胆色勇气,什么叫迷惘失落

09. 离经叛道的前辈当然少不了让·库托(Jean Couteau),一切要犯的错,一切被狠批的罪,前辈都欣然当作成长要素,甘之如饴

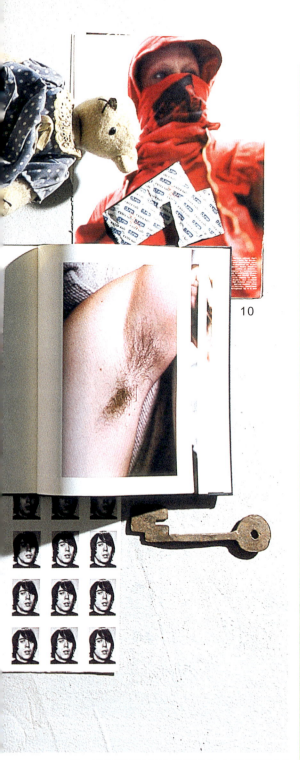

10. RAF SIMONS 2002 年春夏系列，全是蒙脸恐怖分子造型，关注社会现实，控诉战争罪恶，敢想敢做都是年轻人的应有责任

延伸阅读

Windels, Veerls
Young Belgian Fashion Design
Amsterdam: Ludion Ghent, 2001

Clark, Larry
The Perfect Childhood
Zunich: scalo, 1995

Clark, Larryt
Ken Park

Cocteau, Jean
Le Livre Blanc
London: Peter, Owen, 1969

Cocteau, Jean
Les Enfants Terribles
London: Penguin Books, 1961

Bonami,Francesco & Raf Simons(edit)
The Fourth Sex,
Adolescent Extremes
Florence: Charta, 2003

韩波著，莫谕译
韩波诗文集
台北：桂冠图书公司，1994

意大利光影

灯与光

过了很久很久之后,他才告诉我,其实你不怎么懂得光。

他大概是指我那没有什么灯的房子吧。每当夜晚来临,偌大的房子里有好些角落的确是没法一一都给照亮,尤其是那盏有着裙摆一样的灯罩的 Rosy Angelis 地灯退休之后,后继缺缺,四分之一房间就陷入幽暗。这恐怕是我不懂得灯的安排和运用吧,我只好向他承认,至于光——

懂不懂得光,怎么说呢?比较幸运的是家里四壁有三面都是大大小小的窗,光线从来充足,无保留地包围拥抱。日间留在家里的机会多,不用怎样开灯,在家就像在太阳底下工作,然后黄昏然后黑夜,工作了一整天,晚上也不怎样做正经事,更很少熬夜,所以对灯的实在功能的要求倒真的没那么在意,也许是白天心满意足地拥有了光,到了夜里就该肆意地留在黑暗里吧。

留在黑暗里,这样说恐怕又韬了港产警匪片诸如《PTU》或者《无间道》的光。身为香港人,不得不投入支持本地创作,甚至多少代入角色:纵使我没有资格投考警察(因为近视),更没有资格当黑帮(因为怕血),但倒承认香港人在入黑之后仿佛更立体,轮廓更分明,性格更突出,因为有了阴暗面,一切更戏剧也更现实,香港更出色,香港人更有趣。

既然在暗地里可以快乐,也就更轻松地去处理光去认识灯。功能不功能,不是最要紧的计算。一个半天吊而且有点摇晃的灯泡可以发挥它的孤单寒微的魅力,三四十个灯泡缠在一起的一束也有它刻意铺张的表现力。自问挑一盏灯首先考虑的不是它够不够亮,倒是它长得好不好看。

好看的灯不亮着，仿佛也有光。这么多年来隔年一度的意大利米兰国际灯饰大展，与家具展同时同场举行，每趟都叫人看得很有趣味。因为要让灯更亮，所以会场都是暗暗的，无论你是否走得累了，窝在沙发里很容易就舒服得迷糊起来，面前的灯就更好看了。

当年爱迪生先生把碳棒揉成细丝，在众多实验者当中脱颖而出成为发光发亮的首富。从一个赤裸裸的灯泡开始，一百多年间不慌不忙走过，由简入繁，又自繁转简，电灯照明科技研究已经发展到一个相当成熟的阶段。但说到一般家用的照明灯饰，倒还是风格造型上的潮流兴替，不太沾得上革命的边，灯泡坏了就简单地换一个，光管换一条。再来也就是开关接触、光线方向、调节的灵活方便与否，实在变化多端的是众多设计师们的借题发挥，各自给予光一种演绎一个定义。

光是轻的还是重的？光是硬的还是软的？光是冷的还是暖的？我都答不上来，答案恐怕都是。家里书桌上的沙发侧的床头的台灯地灯，各自光亮，都是意大利品牌——是一种信心一种保证吧，也真的都在身边十年或以上，就像我们其实对光有所依赖。光代表稳妥、安全，甚至是兴盛和繁华。光，这么抽象又这么实在，又如此直接地与家的意象并存。夜里回家，开灯，在你面前展开的，是收拾整齐的样品屋，还是混乱堆积的猪狗窝，都没关系，反正都是你自己安排的选择的，也许心满意足，也许有待改善，灯光到处，看得见有期待，灯光覆盖范围以外看不见的，也就算了。家，是如此包容的一个地方。

看过这许多许多的灯饰，未推陈就出新，古老的玻璃新研的塑料或厚或薄的金属可叠可折的布料，轮流剪裁拼贴，作太阳放射状成飞碟飞船形，作阴柔月亮状成花草精灵样，还有作救世十字状成绝世独立柱体的，想得出做得到，成功的接近精练的诗，失败的像结不了尾的散文，也有野心的如气势磅礴的电影剧本。只要不直望光源，找个舒服位置适当角度把你家里好像熟悉不过的灯望上十分钟，你会重新认识它，再次决定热爱是否有增无减，或者明天就请它退休。

一直有如身边守护神的这三盏家里的灯，除了裙摆脏了破了不好意思见客所以退下来的地灯 Rosy Angelis——是胖子 Philippe Starck 的设计，由 Flos 厂商生产外，另外两盏好好伴着我的，一是工业性格钢臂钢线外露的 Tolomeo——Michele De Lucchi 和 Giancarlo Fassina 的设计，ARTEMIDE 的常年热卖，一是 LUCE PLAN 的经典 Constanza，由 Paolo Rizzatto 设计，用一块塑胶片和一管铝条连接底座 DIY 构成，轻巧简约至极，仿佛告诉世人，我就是灯，我就是光。

走访过众多身边好友，暗暗做过一个

小统计，发觉大多数人家里用的灯饰都是意大利好牌子，而且一谈起灯说起光，都兴致勃勃。在学校里当老师的他会仔细地告诉我关于意大利灯饰龙头老大 ARTEMIDE 创业四十多年来的历史，对大部分产品名称长相如数家珍，好像比推销员还要熟悉其创办人 Ernesto Gismondo 跟 Sergio Mazza 怎样从一点到一线到一片光地照顾了千家万户。近年的 ARTEMIDE 更以 "The Human Light" 为设计行销方向，紧扣人文关怀日常行为动作，难怪作为一个普通消费者的他也会被深深感动。至于经常飞来飞去做时装名牌买手的她，却钟情另一个灯饰牌子 FOSCARINI。因为 FOSCARINI 的设计刻意采用时尚流行的颜色和物料，打着 "fashion lighting" 的旗号，设计师们都是行内当红新锐如 Marc Sadler、Patricia Urquiola、Karim Rashid 等等，很有一种眼前一亮的锋芒。受她的热烈、她的兴奋所感染，我当然要为我喜爱的品牌 FLOS 说几句话：前辈大师 Achille Castiglioni 的众多经典如钢臂 Arco、钢头 Splugen Brau、灯泡团队 Taraxacum、通透圆锥组合 Fucsia、飞碟 Furisbi、超大灯泡 Lampadina……都是 FLOS 的出品；加上 Philippe Starck 一系列浪漫又搞怪的三脚裙摆 Rosy Angelis，半透明玻璃 Pomeo Moon、Romeo Soft，牛角类 Ara，不要忘了还有 Jasper Morrison 的半空汤圆 Glo Ball，Antonio Citterio 的线路板吊灯 Lastra，以及 Marc Newson 那个沉甸甸的全铝超酷手电筒，都是诗意盎然带引你我漫游遐想的灯与光。

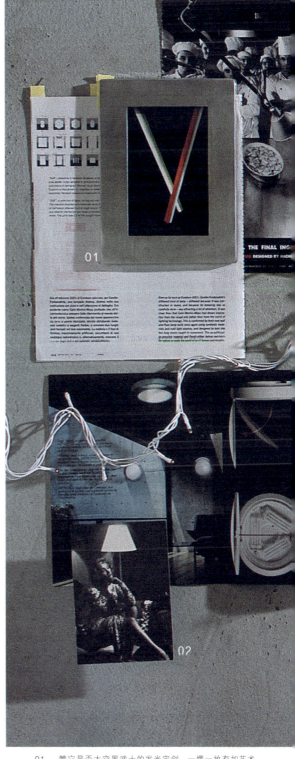

01. 管它是否太空黑武士的发光宝剑，一摆一放有如艺术装置的地灯作品是建筑设计师 Calvi Merlini Moya 的作品，由一向鼓励实验创作的 FONTANA ARTE 出品
02. LUCE PLAN 的经典热卖 Constanza，简单精准地告诉大家这就是灯这就是光

03. 有了光就有了面前的色香味。ARTEMIDE 的平面广告中尊称光为"The Final Ingredients",直接有效地打动天下间馋嘴贪吃的,如你我

04. 节日灯饰有高档有平价,几十元换来普天同庆

05. 唤作"screens"的一组公共空间照明灯箱,又不妨考虑利用在家里成装置

06. 总叫我想起糯米汤圆的地灯 GIo Ball 是英国设计师 Jasper Morrison 1998 年为 FLOS 设计的幽默玩意儿

07. 户外照明的新宠,一向热衷有机形体造型的 Ross Lovegrove 设计有可坐地可悬挂的 pod lens,耐潮耐雨耐雪,全天候适用

08. 精彩的灯饰常常也有如雕塑作品,此由两位女设计师 Patricia Urquiola 和 Eliana Gerotto 合作,可触可感,冷暖并存

09. 越战越勇的意大利老将 Michele De Lucchi 从未叫我们失望,看似简单一座圆球地灯,开关在中段的小钢环处,好一个优美巧妙的安排!

从来由衷地羡慕我的意大利朋友也是绝对有理由的:一个如此重视家、家居生活和家人关系的民族,理所当然地培养出国际一流的家具设计师和灯饰设计师,打造出最讲究最有个人风格的家居室内空间。

如果不小心在意大利谈起恋爱来,他或者她很可能在你耳边温柔地昵称你是"luce degli occhi miei"(我眼中的光)——

在被意大利情人迷倒之前,你不妨也跟一向爱祖国用国货的他或者她说,我爱你,也更爱你家里的意大利灯和光。

延伸阅读

www.artemide.com
www.fontanaarte.com
www.flos.net
www.luceplan.it
www.prandina.it
www.foscarinj.com

10. 经典中的经典,Michele De Lucchi 与 Giancarlo Fassina 在 1987 年的设计作品 Tolomeo,从台灯版本一直发扬光大,发展至 2001 年的多臂吊灯且有不同灯罩,又是另一高潮

11. 功成身退叫人永远怀念的 Achille Castiglioni 在 FLOS 旗下设计的灯饰都成经典,酷得可以的这座吊灯 Diabolo 是 1998 年的成品

好看电视机

如果电视节目不怎么好看,就让我们来看看电视机吧。

最近在替一位朋友装修整理房子,大刀阔斧去旧迎新之际打算替他重新在客厅在睡房以及厨房小饭厅都安排不同的电视和音响组合。——客厅的一面锈色的青板石墙上浮悬的当然应该是Plasma超薄机身荧屏;卧房里可以藏在墙面衣柜中的当然也就是干干净净的方角版本,外壳线条和颜色都得好好和利落简单的衣柜配衬;至于在厨房角落特设小圆台小吧凳方便这个只懂煎蛋和泡面的主人深宵弄点吃的空间,也必须方便他边吃边看,就给他买一台意大利老牌BRIONVEGA的Algol复刻版——1964年首度推出的11英寸手提电视机吧,sun orange(阳光橘)、moon grey(月亮灰),以及night black(深夜黑)三种漂亮的外壳颜色,一时间要决定,倒是有少许困难。

早在那些厚厚的设计教科参考书中被它引诱过,首次跟它面对面是三年前米兰家具展中,每个家具名牌都把它放在沙发边床沿上,配角比主角更出色迷人。作为60年代黄金时期入得睡房厨房出得厅堂以至阳台的经典,Algol长得实在酷。当我们现在笼统地把这些家电都列入怀旧精品项目,倒也要知道在当年却是前卫突破。当大家都还是正正经经乖乖坐在客厅沙发中面对那台有如酒柜一样稳重庞大的电视,BRIONVEGA就刻意要打破这个沉闷的日常格局。小巧的11英寸画面,显像荧屏微微向上倾,方便从不同角度坐着躺着懒懒观影,可以推折的不锈钢把手方便大家把这个净重7公斤、27.5厘米×26.5厘米×35厘米的小可爱携来带去,就连那根长长的可以伸缩的接收天线,也有一种久违了的惊喜。如果你要带着它出远门,还有一个一样酷极了的铝金属箱子可以自行配套。

大有大的霸道厉害，小有小的轻巧精美，大家日常带在身边的可以拍照的移动电话，可些储存三千首歌的 iPod，可以随时随地工作（！）以及娱乐（！！）的手提电脑，还有那直接反映呈现你的人脉的 iPad，以及其他种种想得出做得到的玩意儿，都在日新月异地提供满足和诱惑。如果有一天看见有人轻松地手提一台 Algol 电视机像手提一个有村上隆设计图案的 LV 花花手袋走在街上的话，该向他或她点头微笑甚至鼓掌。群众当中的流行就是这样，不必有太理性的原因，即使背后有策动者异常精准的部署和计算。

尽管现在复刻推出市场一时又成为时尚流行话题的 BRIONVEGA Algol 系列，已经不是由原来的意大利 Brion 家族经营，但好事八卦探源溯流，还是要向当年胆色过人的 Giuseppe 及 Rina Brion 夫妇及其儿子 Ennio Brion 致敬。由生产无线电零件开始，Giuseppe 在 1945 年成立的小工厂开始设计和生产收音机，也刚巧赶上电视机普及的风潮，在 1954 年生产了首部里里外外全于意大利生产的黑白电视机。打从一开始，Brion 家族就不把电视机的设计生产纯粹地只是当成又一件家中的电器用品，而是把它看作能够配合家居室内环境氛围的必要"家具"，传送讯息的电视本身也得是讯息本身，从即时流行到贵为经典，是某一种意义上的时间囊。

Brion 家族的过人识见也在于勇于与第一线设计师创意人紧密合作，当中显赫大名有意大利工业设计的殿堂级教父人马，如于 2002 年离世的 Achille Castiglioni，老当益壮的 Marco Zanuso、Mario Bellini，还有旅居米兰多年原籍德国的 Richard Sapper……这批各自精彩的大师都是原创能量顶级、专业态度严谨的行中翘楚，直承现代主义巅峰期的精准无瑕，那边抛出一条弧线，这里收成一个直角，完全是功能与形体好好结合的优美表现。隔了半个世纪再重新认识大师当年杰作，似乎也难于在时下设计中轻易找出可以媲美的好样的。

当年为 BRIONVEGA 一连设计了好些频频夺获意大利工业设计界最高荣誉金指南针奖的好拍档 Marco Zanuso 和 Richard Sapper，不愧是一群设计师后辈的终生偶像。出身于米兰理工学院建筑系，自组建筑设计事务所，也兼任设计龙头杂志 *DOMUS*、*CASABELLA* 主编的 Zanuso，在其漫长的设计生涯中，从替 ALESSI 设计不锈钢餐具，为 KARTELL 设计层叠式塑胶儿童单椅，以至西门子的电话、OLIVETTI 的厂房，每一回都把消费市场对现有产品的既定概念来一趟挑战颠覆。拍档 Richard Sapper 毕业于慕尼黑大学机械工程及经济学系，早期在梅赛德斯-奔驰（MERCEDES BENZ）负责汽车造型设计，之后移居米兰进入建筑设计大师 Gio Ponti 的工作室，又在百货店 LARINASCENTE 的设计部门当主管，直至遇上 Marco Zanuso 合伙共事，精彩设计一浪接一浪。1972 年 Sapper 独力为 ARTEMIDE 灯具厂设计的 Tizio 台灯，简单力学原理出神入化演绎，提放自如，是无数建筑设计师台头的必定首选。1982 年为 ALESSI 设计的 9090 型号咖啡壶和第一个"设计师"水壶"The Kettle"，烧开了水，蒸汽从改造成汽笛的壶嘴喷出，声响仿似莱茵河上的蒸汽轮笛。还记得当年作为"追星一族"的小小设计学生，我把资助奖学金稍稍拨拿来买给自己的第一份大师设计的礼物，就是这个响得高兴、高贵的水壶。一向馋嘴的我当然做梦也会梦到 Sapper 为 ALESSI 设计的一整系列五星级厨帅专用厨具 Cintura di Orione，仿佛在此之前从没看过比例这样妥当精准的设计，大大小小铜的钢的平锅高锅沉沉拎在捧在手里，仿佛用来烧什么菜都会好吃。

话说回来，两个拍档在 1958 年到 1977 年合伙期间为 BRIONVEGA 设计的好几款电视机：1962 年的 14 英寸 Doney，圆圆的真空吸塑造型用两根钢管组成的脚座托起，轻重得宜；1964 年的 11 英寸 Algol，一推出便促成新一代手提电视风尚；1969 年设计的酷得极致的 Black ST201，荧屏未打开之前完全是正面无缝的黑箱一个，所有调节按钮安放在箱子正上方，风格化到绝顶。当中还有 1964 年设计的 TS502 收音机，盒式对开，与 Algol 是相互呼应的同门好兄弟。

投资生产制造，当然不是小本经营的儿戏，投资人的胆色器量，设计师的骄人创意，

01. 酷得要命的 RRI26 型号唱盘连扬声器，是意大利设计坛兄弟班合 Achille 和 Pier Giacomo Castiglioni 早在 1965 年为 BRIONVEGA 设计的经典

02. 拎着 Doney14 英寸画面手提电视，可以和身旁经过的航天太空人打招呼。设计坛前辈 Marco Zanuso 与 Richard Sapper 在 1962 年的设计

03. 原版复刻的 BRIONVEGA TS502 折合式收音机，1964 年时由 Marco Zanuso 及 Richard Sapper 合作设计，近年再度推出也立刻成潮流热卖

04. 经典中的经典，净重 7 公斤的手提 11 英寸画面电视唤作 Algol，是平面方角超薄挂墙以外的活动选择

05. 老好时代有他值得骄傲的理由，ST201 雾黑版本电视机是名副其实的四方黑盒，拔掉插头连荧屏前方也是黑的

06. 文艺复兴巨匠乔托被尊崇为色彩与形体的建筑师，有这样的老祖宗，难怪有毫不逊色的后来创作者

07. 正面看看 Algol 那昂首的骄傲

08. 早就在意大利扎根创业的德国设计师 Richard Sapper，多年来与顶尖意大利设计师合作无间，精彩作品无数

计算配合得好便如鱼得水,一旦稍有差池也是叫人头大的相互拖累。国际设计产品市场竞争惨烈,众多欧洲设计从汽车到家电到家用杂货,为何败阵在日本设计之下,来龙去脉还得花时间弄个明白,但 BRIONVEGA 三度易主,也正说明这一条漫漫长路考验的是耐力和韧性。作为一个好形好款好色的消费者,光是看这一场又一场地盘攻守位置争夺,我已经足够目瞪口呆,唯是这一切还未拍成电视连续剧而已。

当电视荧屏中的节目不怎么样,我们倒真的要选一部像样的电视机,但我们一不留神中了某种毒,管它是深宵越洋球赛,滥情中西烂片,心惊胆跳突发新闻,我们都不约而同张开嘴巴定睛守在荧屏前,实在也顾不了电视机长什么样,只要有个看得清楚的画面,或大或小,均可。

延伸阅读

www.brionvega.com

www.design-conscious.co.uk

www.io.tudelft.nl/public/vdm/fda/zanuso/zan70.htm

rsapper@it.ibm.com

Fiell, Charlotte&Peter
Industrial Design A-Z
Koln: Taschen, 2000

Guillaud, Jacqueline&Mauricen
Giotto, Architect Of Color nd Form
Paris-New York: Guillaud Press,1987

09. 作为 Sapper 的多年合作伙伴,Marco Zanuso 是意大利设计坛的领导人物:从设计龙头杂志 DOMUS 的编辑到米兰理工大学教授,工业和建筑设计作品更是俯拾皆是

10. 摸摸有点瘪的钱包,还足够买一部心仪已久的橘色版本 Algol 吗?

封闭的透明

淫雨霏霏，是那种打起伞穿上雨衣觉得累赘，完全无防备又肯定会湿淋淋的状态。四月中的米兰街头，原来也很有清明扫墓的气氛。——扫墓跟朝圣总好像有点怪怪的关系，对，我们这一群来自五湖四海的来朝圣的设计师、建筑师、相关业界、媒体以及专业八卦人士，在这个每年一度的最厉害的国际家具设计大展会场内外，在这连绵一百四十四小时的纷纷细雨中，边走边怨也还是笑眯眯从一个场馆走到另一个陈列室再走到另一个展览地，期盼着推门进去，面前会有设计坛老将新秀的又一个创意惊喜。

城西南 Porta Genvoa 运河水道旁的 Tortona 区，是近年重新再开发改建的一个工厂区。好些时装品牌的大本营、建筑设计工作室、产品开发研究单位都开始陆续迁到这里。从前宽敞高大的旧厂房，也自然改装成这些家具厂商每年展出最新系列的首选场地。早早做好功课的我一手拿着一年比一年厚的展览场地指南（分布全城共有两百多个大小展览！），一手拿着街道详图，背着沿路收集的沉甸甸的产品目录新闻发布，逐家逐户串门，看罢这个地下室小角落的一个新秀的玻璃创作，又钻进另一个巨大有如失修教堂的仓库里。来自十二个国家和地区的三十个生产单位热热闹闹地陈列着最新产品，老实说，花多眼乱，加上室内室外干干湿湿冷冷热热，走不到两三小时，就有累得要命的感觉。

既然老远来到这个区，还是得把这附近要看的都看完。近乎迷路地兜兜转转，不远处又出现了作为展览场地标记的红布条幅，趋前一看，天呀，原来在这儿！

这里是阿玛尼剧场（Teatro Armani），举足轻重的国际时装巨人乔治·阿玛尼（Giorgio Armani）每年展出其季度系列的自家场地，请来的是心仪已久的首席偶像日本建筑师安藤忠雄规划设计整个空间。说起安藤，脑海中马上出现的当然是那纤柔若丝的且保留施工坑洞的清水混凝土墙面；那些极具象征意义的立柱；那些简洁的几何体交叠组织结构出的奇异空间；钢材、玻璃、木料的灵活配搭运用；光与暗，风与水的巧妙出现……要用文字去形容一个建筑空间给人的实在感受总自觉笨拙，所以你得准备好，亲身走进去——

甫进门，一条十多人并排可走的长廊就在你眼前，微微上坡，整整一百米的半途左侧开始有一列十数根不到楼顶的清水混凝土方柱，呼应你步行的呼吸节奏。右侧整幅墙身当然也是混凝土，如丝的滑溜让人忍不住停下来偷偷抚摸，厉害的是某段落开了一扇面向中庭的整扇落地大窗，中庭无花无草，却是一片如镜的浅水，反照建筑物外墙同样笔挺轻巧的直线，以及天光云影。——我很幸运，微微细雨叫水面微微有细密涟漪，不是一般日常景色——

长廊尽头是高潮所在，一对包裹上锌片的巨大圆柱直穿天花板，仿日光的照明从柱头天花板泻下，右侧是弧形倾斜巨墙，一组透明玻璃发光灯箱接待柜台有如装置艺术，正对面就是剧场入口。推开锌板金属门，里面是多达七百个座位且可随时改变活动形式的多功能场地，可以想象服装秀当晚一票时装人也有抱着朝圣心情而来的吧，朝阿玛尼的圣，朝安藤忠雄的圣。——这个简约至极的空间环境又真的像一个叫心灵涤荡清澈的教堂，大家安安静静，完全地开放自己的触觉去感应，上帝就在细节之中。

说来也是，在安藤忠雄还不到三十年的创作生涯中，近一百五十项的作品和方案设计各自精彩，当中常常被提及的正是位于神户六甲山顶的"风的教堂"，北海道夕张山脉的"水的教堂"，以及大阪城郊茨木市北春日上的"光的教堂"，把风把水把光各自配合特定场所环境，引进教堂的纯粹空间内，圣坛十字架所在，就有风有光有水，大自然的神圣在这里以一种抽象的方式得以表现，诗意得震撼惊人。

还记得第一次走进安藤的建筑环境中，是京都高濑川河边的一幢高低错落、路径复合回游的商业建筑。忽地着迷的我第一次处身置地感受到混凝土墙原来绝不粗糙，阳光直射折射投下的光影叫这简单不过的素材有着温柔的神奇的魅力，也清楚地说明了哪怕是最平凡的几何形体组合，也可以有不平凡的结构表现。后来在东京南青山的 Collezione 立体迷宫一般的建筑里走上走下，看到的天空都是弧形的，身困四壁水泥墙内也一点不局促，反是更有想象，可能更有节奏秩序。

安藤说过，他喜爱的简单材料及其质感的微妙关系突出了单纯的空间构成，促使人们有意识地去与光和风等自然因素对话。而他常常用混凝土来围合建构起封闭的空间，首要意义是在社会中创造一个属于自己的个人区域，为的是要与那强调整体结构、个体服从社会的官僚政治社会区隔开来，以一个可居住的、有生机的环境来聚集那些强有力的个体，养精蓄锐，去抵抗那些晦暗麻木的环境以及人事。——如此说来，他设计的众多私人住宅公共住宅，商场剧院博物馆，原来也是某一种意义上的教堂，也都希望"参与"和生活其中的人，能够因为建筑空间的感召，去沉淀个人思绪，去思索自身路向。安藤相信建筑，也以无比的韧性，从一而终地坚持他独特的建筑语言和理念，扎根本土近二十年方才踏进国际舞台，跃升至建筑世界大师级位置。

　　从未正式修读建筑，完全从木匠学徒手工实践出身，走遍日本国内古建筑群，又周游列国在大师建筑中感受建筑研究建筑，从钻研西方历史建筑的代表作及其相关的几何形态，细读现代主义大师勒·柯布西耶、密斯和赖特等人的理念，安藤更认定自己的日本文化身份。——日本传统的数寄屋建筑形式和背后精致凝缩的精神情感，加上乡间农舍的亲和简洁美学，都是他的建筑设计理念的出发点，他宣言式地以自身的创作实践批判了叫全球民众性格模糊的国际化的经济挂帅的建筑现况，用心良苦地大力鼓励个性化的、充满惊奇和发现的自主的建筑。

　　避雨不是一个借口，可我在阿玛尼剧场逗留快两个小时了，徘徊走来走去叫守卫人员也开始起疑心。可我还是在那里一时抬头

01. 是谁误传无论什么男人一穿上 ARMANI 都肯定会比从前好看？这个世界还是有一种东西叫气质
02. 偷偷轻抚那滑溜如丝的清水混凝土墙面，想不到不远处也有男有女在偷偷做同一动作

03. ARMANI CASA 是千禧年秋季首度发表的 ARMANI 家具系列，洗练利落的商标似乎说明了一切精要

04. 米兰 Four Seasons Hotel 的简洁幽雅与 Giorgio Armani 本人的设计理念相互呼应

05. 线条利落，质料讲究，说到底是一种高度平衡的控制

06. 典型的 ARMANI 女装剪裁，华贵物料细节讲究，却依然是那种利落的造型方向

07. 春夏与秋冬两季的轰动盛会，都在自家剧场的天桥上进行

08. 早就放弃朝九晚五正常工作节奏的我，倒是偶尔会羡慕别人可以穿一整套 ARMANI 上班

09. 雨中漫步优雅依然，ARMANI 终究有其迷人之处

良久注视，一时沿墙东摸西摸，说真的，除了那中庭的一扇窗，那一片天光水影，这个空间是封闭的。但也正因为封闭，腾飞想象的力量得以在这个洁净的环境里迅速聚合，满注胸臆。关于生活关于社会关于创作关于理想……忽然间，面前封闭的空间清晰纯粹地透明起来——

延伸阅读

www.giorgioarmani.com

www.greatbuildings.com/
architects/Tadao Ando.html

www.arcspace.com/architects
ando/Ando Exhibition

安藤忠雄著　谢宗哲译
安藤忠雄的都市彷徨
台北：田园城市，2002

Plummer, Henry
Light in Japanese Architecture
Japan: a+u publishing co ltd., 1995

Manelter, Marion
Dressing in the Dark
New York: Assouline, 2002

10. 位于米兰市中心区的 ARMANI 设计工作总部，一贯严格地控制企业形象
11. 识英雄重英雄，安藤忠雄与 Giorgio Armani 合作无间，奠基于对生活品质工作表现的完美要求

美丑陈列室

碰上一个很丑的人,你该怎么办?

老爸告诉我他的一次亲身经历。某年他在日本旅行,照样胆大心细东钻西闯找他的作画题材。有天坐在通勤电车上,对面是一个样貌奇丑的人(他甚至只跟我说是一个人,丑得是男是女也分不清楚?!),老爸忽然明白那些日本国宝级浮世绘里出现的狰狞妖怪面目原来真有其人。他有点不好意思大抵也有点怜悯地一望再望三望,人家却是气定神闲甚至微微一笑,老爸很是尴尬,借故换个位置坐得远远的,又忍不住掏出速写簿第一时间把记忆中的丑脸——还有观者的唐突、被观者的宽容以至宽恕,一一描画下来。

如果碰上一个很丑的城市,又该怎么办?

不怕得罪,你是说法兰克福、米兰、深圳还是台北?

没办法,有些城市天生漂亮,巴黎、北京、纽约、佛罗伦萨甚至香港,靠山有山靠水有水,自然就把其他无甚景观的城市比下来,幸而地灵不绝对人杰,也因为天生知丑而更激发斗志潜能,因为丑,所以富裕繁荣蓬勃的例子,竟也不少。

作为一个小小的个体,在城市中生活,对一个城市的美与丑,引以为傲或者自惭形秽,很大程度看你对这个城市的感情深浅,有多少参与以及投入。有人争取做主人,有义务有权利,事事劳力劳心。有人退一步做一个房客,隔岸观火随时拎着家当搬来搬去。亦有越来越多的过客如我,在城市与城市之间半公半私地游荡,感情飘忽——一时比当地人更当地,一时消失得无踪无影。敏感直觉面前种种美丑,从眼前一亮到眼前一黑,人、草木、风向、光影、建筑、室内、气氛、滋味……城市的先天和后天的美丑层层叠叠，有时粗糙有时细致地撕起剥开，实在享受。

意大利友人达维德（Davide）本来好好地住在米兰市中心，可是最近几年数度搬家，越搬越往我的认知范围以外的"山里"（？）去。我好奇地问他为什么宁愿每天上下班开那么几小时的车，是否只把米兰当作上班的办公室。不，他说，米兰是一个陈列室。

Davide是我认识的意大利朋友中鲜有的一边说话却没有诸多手势的。也就是他的平静更叫我摸不透他所指的陈列室究竟是褒是贬。我们认识米兰，的确是因为它一年四季（比较行内专业的说法是春夏／秋冬两季）都向全世界展示意大利设计的最新最美，从时装到家具到家用的工业用的各式产品，都在最谨慎计算的市场策略下，最细致完备的制度关系下，一一恰如其分在米兰市内成千上万个不同的陈列橱窗里展示。

由于众所周知的意大利民族性的关系，无论有多少延误争吵，无论开幕前的一刻是如何失控混乱，到最后还是轰的一声给各位来宾一个惊叹，啊，真美！一次又一次，不得不由衷折服。

老实说，这么多年来像候鸟一样往米兰飞，不为米兰的山米兰的水（因为根本欠缺！），甚至也不为那些花多眼乱层出不穷的家具产品（也许是过度热衷的后遗冷感！），倒是始终期待那种看秀的闹哄哄（唉，原来又是八卦！），欣赏当事人如何把一堆有趣的没趣的产品货物包装陈设得跳脱出色，如何被看到比其实是什么更重要，难怪装置是一种艺术。

面前的矮小个子是费鲁乔·拉维亚尼（Ferruccio Laviani），四十四岁，百分百米兰人，你在什么一百个全球设计新秀的厚厚事典中未必找得到他的履历，但他却是不折不扣的幕后设计高手——在你看到一切经典的前卫的庄重的实验的设计品之前，他早已一一了解认识过，然后替它们安排"居所"。他，是米兰最红最热的展览陈列设计师。

每年米兰国际家具展，展场21号馆都是意大利一级家具名牌恶斗的战场，也就是Ferruccio和众对手们一较高下的时候。其实这场龙争虎斗也是一家亲的游戏，系出米兰理工大学建筑设计系，教授学生师傅徒弟，承先启后继往开来，同声同气都为意大利设计发热争光。师事国宝级设计大师Achille Castiglioni的Ferruccio，满怀崇敬地忆起这位以高龄辞世的亦师亦友的长辈，难忘的是当年每一节有如脱口秀的讲课，也珍惜毕业后有幸能与Achille Castiglioni合作设计不少展览会场陈设，更为生产商MOROSO合作设计名为40／80的一把钢脚布椅——40和80分别是学生和老师的真实年龄，

Ferruccio 笑说他最成功的是 Remix Achille，老先生的无穷创意有了新演绎，毫不因循守旧是一个开放自由的最佳创作条件。

在成立自家的设计工作室之前，Ferruccio 一直跟随当年 MEMPHIS 团队的创始人 Michelle de Lucchi 工作，深受 MEMPHIS 团队设计精神中那种天马行空大胆戏谑的风格影响——这也是日后 Ferruccio 能够灵活弹性地把每季更替的陈列室搞得有声有色的原因。不拘一格，深明追求的不是什么永垂不朽，倒也轻松地与时并进，创造了时尚潮流的亮丽瞬间，周围的欢呼喝彩原来也很重要很真实。

当红的 Ferruccio 近年一直替财雄势大的意大利家具和灯饰厂商如 KARTELL、MOROSO、FLOS 等等设计每年在家具展场的陈列装置，特别是 KARTELL 的摊位，更是每年的谈论焦点。无论是 1997 年的全塑料纯白空间配上特大投射荧幕，还是 1999 年 KARTELL 创业五十周年的大红喜庆出动红色机械臂现场示范生产流程，Ferruccio 总是有办法踢走沉闷带来欢乐。如此说来，斤斤计较美丑也显得过分拘谨——美中有难言之隐，丑而不陋也该有趣。陈列室就是陈列室，一个城市如果注定是陈列室，就得发挥得淋漓尽致，令观众来者能够在愉悦中有所感有所得，能否教育提升也就看各位的素质了。

年方四十四的 Ferruccio 分明是意大利设计界"幕后"的中流砥柱。满怀热情斗志地从前辈手中接过棒——他近五年来为家具

01. 1999 年于 MOROSO 的陈列室中新旧两代人擦出火花，当年 40 岁的 Ferruccio Laviani 与 80 岁的 Achille Castiglioni 合作设计一把钢脚布椅，并以荧光装置出一个无年龄界限的空间

02. 历年来米兰国际家具大展中的 KARTELL 摊位设计，都出自 Laviani 之手，好评不绝，推动年复一年更上一层楼

03. 唤作 40 / 80 的钢脚布椅，轻巧随机，是小聪明大智慧的组合

04. 一直心心念念想拥有的欢乐地灯 Orbital，是 Laviani 早年为灯饰品牌 FOSCARINI 设计的作品，童稚嬉戏，醒目异常

05. 为 FLOS 于罗马的陈列室设计的店面，Laviani 用事实证明了一个好的设计师也必然是一个好的推销员

06. 室内采用了大型框架把灯饰按设计师个人名下作品分类陈列，俨如博物馆展览系统，又是一种与众不同的整合方法

07. 题外话，不知何日才可以跟这些有趣的意大利创作人用意大利文沟通？

展的新秀卫星馆设计的几万平方英尺偌大会场,更是青春十足活力无限。每年在色彩缤纷热闹场中看到来自五湖四海的未来新星,在这个放大了的陈列室中又躺又坐有说有笑,工作和游戏和生活浑然接合,就越来越明白这些风格化了的设计生活陈列,其实呈现的不是遥不可及的梦,而且这梦,永远年轻。

单件设计作品不多的Ferruccio其实在出道早年设计过一款叫人印象深刻的落地灯——有如太空火箭脚座的灯架上装有五块大小形状不一的彩色玻璃,很有节日欢乐气氛,很卡通也很时尚,唤作Orbital的这个设计成了灯饰厂商FOSCARINI的招牌经典,也将设计者的肆无忌惮表露无遗——Ferruccio在他工作室的进门大墙上大字书写上另一位意大利设计前辈Bruno Munari的经典名句:"每颗鸡蛋都有一个完美的形体,虽然它都是从脏脏的屁眼跑出来的。"

08. 1999年KARTELL五十周年纪念,全场大红装置历年产品热闹拼贴,抢尽风头

09. 如何包装,如何吸引,有了第一流的产品设计,就更需要有绝不逊色的宣传配合。游戏不是儿戏,家具大展全场里竞争激烈,犹如一场血战

延伸阅读

www.moroso.it
www.foscarini.com
www.kartell.it
www.flos.net
www.moma.org/exhibitions/1997/castiglioni/
www.design-conscious.co.uk/mall/designconscious/topic/topic-8993-1/stm

Falassi, Alessandro/Flower, Raymond 著
颜湘如译
Culture Shock! 意大利
台北:精英出版社,2002

再教育

如果要再回到学校念书，你会挑哪一个科目？他问。

当然是学厨！我毫不犹豫地回答。因为刚才的豉椒炒龙虾配广东生面实在太出色，再一次证实自家中国菜的迷人之处。即使刚从威尼斯回到伦敦，那三天三夜的意大利面还纠缠在腰腹，我还是把小学弟约到 Bayswater 地铁站旁的一所著名中国餐馆，这里的招牌菜是尽眼望去每桌都在点的或姜葱或豉椒炒的大龙虾——不知怎的，伦敦唐人街中餐馆的水准有些时候尤胜香港。

他乡异地，曾几何时誓死不吃中国菜。意大利的中国菜叫中国人颜面蒙羞，北欧的中国菜更不知所谓，唯有伦敦、纽约、巴黎还可以。……你真爱吃，学弟有点拿我没办法，省吃俭用的他实在很少上馆子，还是一个标准的苦学生，这样一来一下子就让我觉得自己有点太老，几乎没有能力与他们这些二十出头的来一次真心对话。

我被 FABRICA 收录了，再过两三个星期就要到那边走一趟。——他突然眼睛一闪亮，兴奋地告诉我。这分明是比龙虾还要大还要美的好消息，你这小子，我是连恭喜也来不及，要不要再吃点别的庆祝一下？一个嘴馋的学长只能这样表示表示。

如果我还是二十五岁或以下，我一定跟你比个高下，能够在全球不知多少年轻设计创作人中突围而出，被 FABRICA 这所由意大利服装品牌 BENETTON 全资赞助开设的设计"学校"挑中，成为其中"学徒"一分子，实在是难得珍贵的学习机会。

学弟只身赴伦敦继续进修设计，为的是给自己的创作空间再多开一扇窗一道门。当然知道香港不失是个有趣的有能量的地方，但在一个地方混久了，难免丧失那种对身边事物的敏感和刺激。如今在一个更丰富更多冲击的城市生活，是叫我又羡又妒磨炼成长的机会，加上可以"下乡"到FABRICA接受再教育，这不叫幸福叫什么？

那真的是个好地方，我一边吃着荼一边跟他说。已经是晚上十一点了，旁边的餐桌还有新客人坐下来，你看中国人多勤奋。——还是说回FABRICA，去年趁着到伦敦开一个创意产业研讨会的空当，跑了一趟威尼斯看完建筑双年展，再到了一个小时左右车程的边旁小镇特雷威索（Treviso），那是BENETTON的总部所在地，FABRICA学院占地前身，也就是总裁Luciano Benetton从当地望族收购回来的Villa Pastega Manera家族别墅。

在威尼斯打了一通电话给FABRICA其中一个部门主管Andy Cameron，这位原属英国风头甚健的设计团队TOMATO的创办人，如今掌管FABRICA的新媒体创作中心，致力替BENETTON店铺发展一套联系全线的影像传讯系统。Andy在电话那一端仔细地给我解说了由上车到下车的每一个步骤。这里是out of nowhere，他说。

身处一个无以为名的地方，什么也不是，什么也是，这大抵就是某一种天堂状态吧。天堂是可以坐计程车去的，真相是并没有天使在守门把关，也没有云雾一团又一团，只有利落风景干净建筑，日本建筑大师安藤忠雄设计的FABRICA校舍就在眼前。

要来FABRICA的十大原因之一，也就是要看看安藤忠雄前后花了近八年，几度停工与建造商协调，解决诸多法律问题，最后才完成的有如修道院一般神圣的占地五万一千平方米的这组建筑。一如他过往每一个签名作品，清水混凝土的建筑主体和原来17世纪旧宅的帕拉第奥（Palladio）样式的别墅和仓库，相互协调对照，人工水池如镜，聪明巧妙地令影像倍开：柱列广场，采光天井，椭圆地下通道，种种空间形态连续，小心走动其中的我不至于迷路，倒也迷醉在这诗样的圣洁环境中，连身边那些本该动弹喧闹的创作进行过程，也好像安静地定格为优雅画面。

来了当新媒体领导人还不到两年的Andy笑着向我投诉这里的不是：其实这里的隔音设备有问题，总是听得见周围其他部门发生的一切讨论——这不知是否安藤刻意安排的矛盾幽默，就让这些停不了的创作细胞无休止地活跃不定，在这一个清洁的容器里，也许更突显种种创意的离经叛道卓尔不凡。

拉丁文FABRICA就是工作室之意（意大利文多加一个b的FABBRICA就是工厂），由1994年开始"工作"至今，加上校舍终于在千禧年落成启用，其中各个部门已经逐渐成型：摄影、新媒体、时装、平面设计、产品设计、音乐、录影和电影、漫画。Andy 花了好些时间陪我在不同的部门走动，当年在设计学院的老好日子又瞬间跑回了：愉快地忙乱，倔强地争执，做一些虚无的梦，喝着喝不完的咖啡，就差在太进取太有野心来不及谈一场轰轰烈烈的恋爱——来自五湖四海，创意精英云集，放下身段，接受再教育：一种开放式的、自信的、积极的互教互学，在众人风华正茂的好时日，这不能不说是一种当下享受，也肯定是一种未来回忆。

不怎样记得起那天驱车前往午餐的路，反正车就停在路旁的一间不怎么起眼的小餐馆，热闹的庭园里都是附近厂房的工人和 FABRICA 的学生，吃的是一盘新鲜的番茄沙拉，还有道地口味肉酱拌的又粗又圆的意大利面，加上不可缺的白葡萄酒，吃喝得我一直在笑。邻桌坐的原来是杂志 COLORS 的主编和摄影主管，他们正在编辑以食物为题的新一期。从来都以争议性社会话题和图像作内容的 COLORS，是 BENETTON 集团总裁 Luciano Benetton 放手让长期合作的创意总监 Oliviero Toscani 及已经离世的 Tibor Kalman 尽情发挥的一项骄傲。它叫 BENETTON 的品牌跳出了一般成衣制造的框框，也开创了杂志出版的新风格新方向。现在活跃于 FABRICA 校园的一群，肯定是被 COLORS 杂志图样撩拨起创作欲火的精壮们，重叠绕缠，关系千万重，都在同一屋檐下，难怪这里室内室外没有什么分野间隔，创意为先，通行无阻。

01. 不管你是白马黑马，理应都有这个需要——我的意思是，有接受再培训再教育的需要，边做边学，创意不绝

02. BENETTON 集团主席 Luciano Benetton 的创新引人注目，宣传行销策略中充满争议性社会话题。2001 年与联合国在柏林举行国际义工年的发布会，风头甚至盖过联合国

03. 由 BENETTON 全资筹划的传播研究中心 FABRICA，是新一代年轻创作人梦寐以求游学的创意圣地

04. FABRICA 大本营设于意大利东北小镇特雷威索，触角却透过母体 BENETTON 伸展至世界各地

05. 由日本建筑大师安藤忠雄设计，花了前后八年才正式落成的 FABRICA 总部，修道院一般的神圣空间，却孕育出这个时代最刺激最混杂的创作力

06. 亚洲第一个 FABRICA FEATURES "专柜"，出现在香港 BENETTON Mega Store 一角，除了展出及发售 FABRICA 创意团队的产品设计，也会定期展览香港创作人的作品

07. 管你是木材是塑料是金属，七巧八巧还是九巧，自行拼贴发挥出你的型格是这个时代的必要

08. 走一趟FABRICA总部，空间回转层叠却又没有迷路的恐惧，这恐怕是简约大师念过一道平安咒吧

09. FABRICA渗透力惊人，每年都在国际城市举办专题设计文化活动，难怪声名瞬间大噪

　　超龄大佬做不成学生，或者只能再要求严格一点做个合格的老师吧。常常跟已经是某某设计系主任的当年同班同学说笑，我这个长久在体制之外的人很难乖下来当个好老师，也只能和大家疯疯癫癫地分享一些离奇古怪的生活经验，分享的过程也是一种自我再教育，老师从学生那里学到的说不定更多。我托幸福的学弟转告他未来的部门主管Andy，要不要在FABRICA多开一门烹饪课，我一定千方百计地出现在厨房里。

延伸阅读

www.benetton.com

www.fabrica.it

香港 Benetton Mega Store/
Fabrica Features
九龙尖沙咀弥敦道 24 号

a+u（繁体中文版）
安藤忠雄 /Inside Outside
东京，新建筑，2002

10. 还未满二十五岁的你，怎不好好武装一下自己，把自己的最强一面秀一下给 FABRICA 的主管们看看！

11. 老当益壮，身体力行，68 岁高龄的 Luciano Benetton 白手兴家，与姐弟四人同创 BENETTON，这位世界排名五十七的富翁，身家超过四百亿港元，每天依然工作十多个小时

全球化的夜

忽然都在谈全球化，也忽然都讨论起本土化。

有人赶忙公正持平地呼吁大家要看钱币的正反面，也一再明示暗示了这确实是"钱"币——为什么没有人用番薯的两头来做比喻？马铃薯不知可不可以？

去问她吧，她是缪西娅·普拉达（Miuccia Prada），一个曾经迷上滑稽喜剧的舞台演员，一个上街派发传单的年轻政治学博士及意大利共产党员，一个承继了家族皮革业并将之风乘火势发扬光大，成为跨国显赫时尚名牌，专门店全球遍布，身家以保守数十亿计的巨富。去问她怎样评价每次经济高峰会会场内政要商贾的保守衣着，以及会场外示威游行群众的嘉年华打扮；问她怎样把自家衣橱里其实十分意大利米兰本土十分古着的衣饰，巧妙地变成疯魔全球自命有识时尚人士的PRADA、MIU MIU、PRADA SPORT等各条生产线上的衣裤鞋袜皮箱手袋背包（当然也顺便一问为什么盛传已久要面世的PRADA家具系列从来只闻楼梯响？）；问她为何有兴趣赞助四海纵横的帆船杯赛；问她一掷不止千金经营的美术馆的下一档展品眉目；问她如何跟建筑设计界最受争议的叫人头痛不已的Rem Koolhaas合作，把纽约苏豪区古根汉姆美术馆底层的一个旧店改装成集博物馆、商场及舞池于一身的PRADA Epicentre；更有新鲜热辣的在东京南青山落成的全幢菱形玻璃屋旗舰店，建筑师是当今最红最火的建造北京2008年奥运主会场的瑞士建筑设计组合赫尔佐格和德梅隆（Herzog and de Meuron），问她为何这样出手阔绰地投下了八千万美元的建筑设计费？

去问她吧，还有最后一个也是最重要的问题，为什么她如此地喜欢意大利导演米开朗基罗·安东尼奥尼的电影，特别是1961年的那一部由马斯楚安尼、让娜·莫罗和莫尼卡·维蒂主演的《夜》（*La Notte*）？

如果不嫌打扰，也该冒昧问一下因病隐退已久的老导演，因为在他叫人反复回味的经典作品中，从早期的《某种爱的记录》《流浪者》，到三部曲《迷情》《夜》《情隔万重山》以至《赤色沙漠》《春光乍泄》，还有《无限春光在险峰》，都一再揭示了现代男女情欲纠缠挣扎的背后真相，是消费社会物质主义泛滥造成的人际疏离、阶级分野、贫富悬殊。爱，毫不抽象也再不可能纯洁自然，橱窗里陈列的都是明码实价（或许为了某种美学上的坚持索性连价钱牌也拿掉了，反正不会便宜）。一切关系都是计算好的利益关系，这样说来，无论全球化还是本土化，都变成是生意经营上的讨价还价。人，是男是女（是男装是女装?!），在这个全球最大最大的商场中都更显得轻浮无依，贱如泥尘。

夜，一个在全球每一个角落都如细菌病毒扩散蔓延的后资本主义的夜。

因为实在受不了米兰 via Sant, Andrea PRADA 总店老铺内的全天候拥挤，以及那些身穿清一色海军深蓝制服的女售货员看似很有礼貌但其实有点不屑的嘴脸，加上永远把我认作日本游客跟我用日语问好，我是从来也没有买过那些用空军降落伞尼龙布做的风行整个 20 世纪 90 年代的黑色背包或者钱包，大抵还是怕那个其实已经很节制很优雅的三角 PRADA 银底黑字商标。倒得招供的是买过一件蓝黑色的及膝尼龙雨衣，收过一条短得不能再短的米色蓝线格子短裤为生日礼物，它们分别乖乖地躺在衣橱里，不知为什么好久好久都没有穿过。——PRADA 还是那么的流行，其实它又从来都不以"流行"为招徕，倒像是某一种古着经典，你好

像已经拥有过这样的一件西装上衣一袭连身裙子，那么的属于你，但其实你并没有，也继续很期待。我不是为了更加富有才设计生产衣服，Miuccia Prada 曾经说过，我赚钱是为了赚得更大的自由去开发和探究衣服和物料，这是我现在最大最大的兴趣。因为我是 Miuccia Prada，所以现在能够一开口就有一百个物料样版放在面前给我挑选，这是有钱的好处。

她太清楚自己的优势，正如她也太了解自己的遗憾。她长在这个唤作 PRADA 的皮革世家，外祖父 Mario 于 1913 年白手兴家，母亲 Luisa 艰苦经营，及至 1978 年 Miuccia 与丈夫 Patrizio Bartelli 接手濒临破产边缘的家族企业，她以敏锐的、偏锋的、十分个人十分中性的生活触觉，跳出了皮革精品的范围，更冒险更大胆地涉足全方位的服饰领域。在简约成为流行招徕之前已经先走一步，正中那好一批在 80 年代浮华奢逸面前不知所措的为数不少的知识分子的下怀，也出乎意料地由小圈子着迷突破为市场狂热，一发不可收拾。

正因为我们在日常生活中有太多人为的落差与缺失，经历了从安东尼奥尼的 60、70、80 年代黑白彩色光影画面以至今日的数码影像中的感情的漂泊流离，我们都隐隐然知道浮华亮丽的虚妄，又却抛不开对这一切物质实体以及其象征意义符号的需要，因此我们还是心甘情愿地穿上，这酷似马斯楚安尼、让娜·莫罗和莫尼卡·维蒂在那一夜里分别穿的贴身白衬衫黑西装、黑白碎花裙、

黑色雪纺小吊带裙,这都是 PRADA 在每一季度的服装秀中都必然出现的造型和裁剪。

我们选择回到那其实也很复杂、也可以是很无助的过去,不是因为我们对当今现在已经放弃。积极一点地说,这是给我们自己一点时空游走的弹性,知道早已有前辈同道在探索,在千方百计破解一个也许并不能解的人性症结。我们也期望可以从别人的经验中吸收一些智慧补充一点能量,衣服不只是用来保暖的,如果你相信它还有一点其他作用的话。

当我一再看安东尼奥尼的《夜》,身边陪我坐在沙发里的伴不止一次地说,这是一部很叫人感伤的戏。生病、死亡、派对、做爱、婴儿啼哭、骤雨、警号⋯⋯还有这一季复一季、不断演化又不断重复的还是很值得欣赏和喜爱的成熟一点的 PRADA 和活泼一点的 MIU MIU,都带那么一点感动,俊秀的模特儿走在天桥上,走出来,走回去,又再走出来,换了的脱掉的,换不了的脱不掉的,大家都知道。

安东尼奥尼引用过一句他最喜爱的罗马诗人卢克莱修(Lucretius)的话:"在一个凡事都不安定的世界里,没有一件事与它的外貌吻合。唯一能确定的是一股秘密的暴力存在,使得凡事都不确切。"Miuccia Prada 在某一期 *VOGUE* 杂志的专访中被要求与自己的设计团队一起合照,她选择了一幅望入镜子里的自己的单人照(同期她的生意劲敌 Tom Ford 选的是与男友和狗三者的合照),望进镜里的 Miuccia 自信同时忧郁——镜里出现的也许不只是她自己,也许还有那一群在街上举旗呐喊反全球化

01. 从来充满电影感故事性的 PRADA 平面广告,将此时此刻人与人、人与物之间的爱恨纠缠关系深刻细致表露无遗

02. 无论是 PRADA 还是 MIU MIU,线条干净剪裁利落,色彩含蓄优雅,呈现一种自在的中产阶级修养

03. 意大利现代派导演米开朗基罗·安东尼奥尼的电影，对 PRADA 掌舵人 Miuccia 的创作态度与方向影响至深。拍摄于 1961 年的《夜》，道尽中产阶级命运困局，是 Miuccia 的至爱之一—

04. 从激进学生到默剧演员到家族企业继承复兴者，Miuccia Prada 思路清晰、决策精明

05. PRADA 女神，性感而不俗艳，敏感同时孤高

06. Miuccia Prada 一向积极支持艺术，由仓库改建的普拉达艺术基金会（Fondazione Prada）定期举办国际级艺术家作品展

07. 经典 PRADA 男人造型，男演员 John Malkovich 既冷且热，演绎恰到好处

08. PRADA 亦一度资助伦敦 TANK 杂志，出版有报纸形式的文化艺术期刊 AND——

09. 好像很久没有下雨，如果下的是酸雨更舍不得把很久没有穿的 PRADA 雨衣拿出来——

10. 差点把 PRADA 当成是建筑商了，坊间已经出现 Pradarchiteture 这个词儿，各大都会的 PRADA 旗舰店都找来叱咤风云炙手可热的建筑师设计策划，纽约店堂背后有建筑怪杰 Rem Koolhaas

11. 包装形象绝对引人注目的 PRADA 化妆护肤系列，携带轻便独立旅行袋，绝对讨好一天到晚在空中飞来飞去的新人类

示威游行，跟二十年前她自己做着同一个动作的年轻人，有那一袭又一袭在她的米兰巨宅衣橱里的充满年轻／年老花样回忆的裙子，有安东尼奥尼所有电影片段的挥之不去的忽明忽暗，有PRADA五个发光大字的无限重量……她看进镜里，从白天一直到入夜。

12. 2003年秋冬当季PRADA女装式样，经典的夜又再重临
13. 叫人惊艳不止的PRADA东京玻璃屋旗舰店，当今最红建筑设计组合Herzog and de Meuron从不叫大家失望

延伸阅读

www.prada.com

www.fondazioneprada.org

www.iit.edu/departments/pr/arch.comp/koolhaas/html

www.greatbuildings.com/architects/Herzog_and_de_Meuron.html

米开朗基罗·安东尼奥尼著　林淑琴译
一个导演的故事
台北：远流出版，**1991**

Al Au 编辑
安东尼奥尼回顾展（场刊）
香港：香港艺术中心，**1996**

Michelangelo Antonioni(director)
featuring: Marcello Mastroianni, Jeanne Moreau
La Notte 1961

Jones, Terry(edit)
Fashion/Cinema
Milan: Electa,1998

Asscensio, Paco(edit)
Rem Koolhaas/OMA
Barcelona: teNeues, 2002

OMA/AMO Koolhaas Rem(editorial team)
Projects for Prada Part I
Milan: Fondazione Prada, Edizioni 2001

Marquez Cecilia, Femando and Levene, Richard(edit)
Herzog & deMeuron 1981-2000
Madrid: ELcroquis

意大利形体

男人不见了

看见，其实什么都好像看见了。

看见那贴身的、闪亮有如蛇皮彩鳞的不知名新物料T恤裹住那扭动的身体，大低V领露出两团努力练就的胸肌当中的乳沟放得下一包香烟——

看见那超级低腰剪裁的牛仔裤，那故意不穿内裤的男模特儿一脸爱理不理地让你看他也不怎么扣上的裤裆外露的一大丛黑黑耻毛好嚣张，转身过去上半个屁股也清清楚楚——

然后，老中青三代男模特前后左右，躺着的，坐着的，站着的，在斑驳的土墙前，在幽暗中，从穿着整齐笔挺西装领带打得紧紧到衬衫敞开纽扣只扣上最低一颗露出光滑胸膛挂着黄金十字架，从军装制服长大衣配上马裤变种礼服到极粗绳编织的松身毛衣配棉麻宽裤如中世纪农民打扮，这一群男的，叫人好奇他们之前之后在干吗。

还有那分明是在剧烈的床上运动中眼闭唇张的高潮近距离特写，Rush，香水的名字，男人专用。

至于那草原外景，女的穿得极少趴倒在地，男的半裸雄伟地站着，熨帖的西裤料子实在太好太薄，兴奋中的器官形状清晰可见。还有那女的男的一身和服式样的绸缎披搭，事前事后情迷意乱——

三十多年前时装历史学者詹姆斯·拉韦尔（James Laver）说过，男性服装功能在于显示阶层、地位与财富，到了今天，这一切设定都似乎崩毁，现今的男服形象以及其宣传推广的唯一目的，都在反复述说一个事实：管他什么阶层地位、口袋里有多少钱，男人好色，无论是男色或者女色。

好色没有什么不对，我还得承认这老实是生活的原动力，可是在这翻开种种报章杂志都看得见的铺天盖地的好色行动中，男人不见了。

很想跟身边那一群精力充沛创意十足而且大情大性的时装设计师同志们说一声，是你们把你们朝思暮想的完美男人给弄得左右为难面目模糊，然后一个一个的，不见了。

就这样把矛头指向同性恋男同志？其实矛头乱飞说不定早也丢了。看在眼里不甘心，从国际显赫名牌如 GUCCI，如 DOLCE & GABBANA，如 DIOR，如 JPG，如 D SQUARE，以至本地的不见经传的后起新秀，公开的不公开的男同志设计师总是不遗余力地明修栈道或者暗度陈仓，把一切对男体的欲望情结投射到其每季的衣式设计中，薄薄一层棉的丝的尼龙的混纺的裹不住暴涨的肌肉，换过皮的毛的皱的褶的又有另外一种原始粗犷，剪裁技巧用心地彰显表现身体各个部位，种种饰物香氛配搭一呼百应，广告宣传里千方百计万中挑一的模特儿无论是肌肉型作纤丽状，是骚包夜鬼还是邻家男孩，都计算得异常准确，挑逗可供选择的各种情欲需要。

这等毫不含蓄毫不保留的强销，一方面主攻同志消费群，亦指向人口众多的异性恋男人，分明地设定了所谓时尚男人的标准，即使是不同品牌也都口径一致的，性感为上暴露为要，孔雀长时间开屏器官无休止勃起，充血过久也就感觉麻木。

固然你可以读到实在千篇一律报道长篇大论汤姆·福特（Tom Ford）如何把意大利经典品牌 GUCCI 从家族恩怨情仇的八卦和生意濒临破产中"拯救"出来，行性感用美色，将摩登简约贪婪淫欲巧妙结合，兴风作浪颠倒浮华众生，如何与头脑精明的 GUCCI 总裁 Domenico De Sole 共同缔造潮流神话，以至近期在种种传闻流散中经 GUCCI 总部官方证实两人终于要离巢独闯，又成为不止茶余饭后的有点市场行销个案研究的话题。好事的又或者可以比较一下其对手（？），一直由设计师／创办人全资拥有生意股权的另一个意大利品牌 DOLCE & GABBANA 两位公开同志情侣 Domenico Dolce 和 Stefano Gabbana，如何在一起工作一起睡觉，如何精明地把西西里岛的阳光空气和专属的南方情色挑逗转化发展为他们的服饰风格，尽管两人一再强调他们的创作缪斯是安娜·玛娜尼、索菲亚·罗兰和麦当娜这些性感女强人，他们爱女人的身体并为她们设计最性感的衣饰。但实际上，除了 1986 年的第一季以西西里岛黑寡妇为主题女装最忠实原创最触动内心，之后的浓郁华丽感官至上的女服也越见媚俗讨好，倒是他们为真真正正所爱的男人设计的男装有情有义屡有佳作，几乎达致性感与感性的平衡。

时装设计师中十之八九是男同志已经是不争的事实，为自己为族群尽力露一手亮一下也是理所当然的事，但在这个性感促销的大潮流底下，一切看来都迫不得已自甘堕落地浮夸肤浅起来。好端端的男人无论是同志非同志，都走进一个越来越局促狭小的选择空间，人云亦云地相信身体是最后的本钱，衣装是必要的武器，也更困惑地审视自己那非模特儿的身体，怅惘与妒忌的同时全天候地努力拼命打造一个被公众认同的性感男人形象，可惜的是，各自高矮肥瘦的真我不见了，叫人珍惜的更深沉实在的更变化多元的男人质感也不见了。

依然觉得衣橱里一年穿不到两次的全套黑色 GUCCI 西服是剪裁体贴的（在自己的身形未有太大改变之前），依然记得不止一次地被陌生人问我冬天常穿的那一件宽松的 D&G 的羊毛大衣是什么牌子在哪里买，只不过那已经是许多许多年前购买的心爱，近年只看不买，原因很简单，怎样的男人才算是真真正正的性感？容许我跟这些同志大师们理念不同，穿不进去。

01. 20世纪80年代的迪斯科日子回魂一闪，粉紫衬衫又再上场
02. 总不能说看不见吧，男女通吃的一招是 GUCCI 广告的惯常把戏

03. 意大利妈妈呵护下的意大利少男等待肌肉长成
04. 好一对风流贵公子，中性与中性的艳遇
05. 将两个或以上的西西里男人推倒在床，黑吃黑之前立此存照
06. 2003年春夏GUCCI走东洋风，却在亚洲区的平面媒体上自行弃用的话题性画面
07. GUCCI男用香水Rush，欲仙欲死标价多少？
08. 爱人同志商住两用典范，Domenico Dolce（没头发）与Stefano Gabbana（有头发）

09. 该有人统计一下买 GUCCI 的顾客有多少其实是买 Tom Ford 本人的性感外形

10. 意大利"黑手党"上上下下吃得好穿得好,从此天下太平

11. 终于要动员小 baby 露屁股,从男模这种 cool 得可以的表情看来,这条人命肯定不是他经手的

12. DOLCE & GABBANA 的男装经典绝活,西西里针织毛线衣是农民风精彩演绎

13. 摄影师 Jeff Burton 最擅长把时装照拍成色情照,穿穿脱脱的画面以外更多事情

14. 性感硬照卖的是裤子、鞋袜、皮手镯和身体

延伸阅读

www.gucci.com

www.dolcegabbana.com

www.hellomagazine.com/profiles/tomford

www.vogue.co.uk/whos_who/Tom_Ford/default.html

www.malavita.com
CD: **Omerta,Onuri e Sangu**
(la musica della mafia.vol.II)

Cooper, Emmanuel
**Fully Exposed,
the Male Nude in Photography**
New York:Routledge 1995

Simpson, Mark
Male Impersonators
New York: Cassell, 1994

Malossi,Giannino
**Material Man:
masculinity, sexuality, style**
New York: Abrams, 2000

Harris, Daniel
The Rise and Fall of Gay Culture
New York: Hyperion, 1997

**Manelter, Marion
Dressing in the Dark
New York: Assouline, 2002**

希莫里克·杜瓦尔著 罗尘译
黑手党档案
北京：东方出版社，2003

床上的温柔

忘了是从什么时候开始，一直用照相机在拍摄自己睡过的床。

念心理学的朋友可能马上学术起来，直觉地嗅嗅当中潜在的象征的性爱意味。老实告诉大家，我只是在上路前把菲林用尽，随手拍拍而已，如果真的要想起什么，一是累，二是死。

我算是那种很有纪律的，知道今天早上要什么时候起床（通常是起个极早），就不用闹钟也会准时在闹钟乱响之前三两秒就睁开眼醒过来的，好像很有效率地开始新的一天，马上运动呀看书呀写稿呀之类，完成这一切之后，身旁的人可能还在睡。可是这样一直撑下来，习惯了，其实有一种累积的累，不以为意，只是偶尔生病的时候中医会语重心长地恐吓我：如果你再不好好休息——

那一刻马上就觉得好累好累，面前就出现了一直以来在各地拍的上百张不同的床铺。还未好好睡够过，就得为今天的明天的后天的目标理想抱负醒过来，看来还是精神爽利意气风发的，其实潜意识还是一直在依恋那一铺暖暖的床。

然后是想到死。

先要声明的是，我是太爱太爱这世界的一切的好与坏，外头真的阳光灿烂，也管不了其实臭氧层惨遭破坏紫外线读数经常过高，反正要积极开心活着，绝对不会自寻死路。死，倒是一种玩笑一次意外，是漫画故事的一个开场而不是结局——今天早上他死了，这是他死前睡的最后一张床。这可会是阿拉伯大漠中绿洲宫殿酒店的一张四柱雕花大木床？床单被褥枕头竟然都是意大利百年名牌FRETTE（芙蕾特）的经典全丝系列，湖水纹宝石蓝色。

这又或许是东方快车头等舱内稳厚的大床,躺卧在床上可以看到车窗外不断流过的异国风物颜色,而床上伸手触及的柔滑细软,当然也是FRETTE的纯棉设计,淡绿调子,四周织有枝叶缠绕的纹样。还有还有,这是巴黎George V或者Ritz酒店贵宾房间的超级大床。这是伦敦Claridge以及Savoy酒店,威尼斯Cipriani酒店,罗马Grand Hotel以及纽约Mayfair Regent的大小高矮宽窄软硬各异的睡床,唯一相同的,床上用的都尽是FRETTE的棉、麻、丝质床单被褥枕头,大都是纯白的,顶多绣有含蓄暗花的式样。——为什么他都选择在这么高贵的酒店房间这么温柔的床上这么出其不意地死去?(好像不止死一次?!)为什么都是FRETTE?为什么他可以对自己这么好?

舒服死了,我只能这样说。

也再要声明的是,我从来没有拥有过一床的FRETTE,以我目前的以及将来的经济能力,大概也负担不起那接近五千港元一张的极品麻棉混纺的米白色床单,真不明白也只能嫉妒好友S早就拥有这做梦也想着的皱皱的经典,而且一买就是两张。他还眯着眼阴阴笑说,床单,总得频繁地替换嘛!

就是因为未曾拥有,竟也生出一种奇怪的渴望与思念。许多年前头一回到米兰,跟着识途老马逛街,除了走遍大小家具陈列室努力恶补进修之外,副修的是购物学。身边的P先生刁钻挑剔,大概家里什么都有了,不买PRADA衣裤不买GUCCI皮鞋,带着我径自闯进FRETTE。FRETTE?懵懂的我才是头一回得知这个始创自1860年的织物名牌。有点惊讶P先生跟店内的穿着古老款式白围裙的女售货员竟是如此熟稔,又或者根本是售货员练就有高超专业技术,记得每一位客人上一回买过什么系列什么纹样的产品。P先生买的是用来替换的枕头套,纯棉小方格纹样。方格?不会睡醒过来一脸都是方格吗?我悄悄地问他。他有好气没好气地瞄我一眼,你自己摸摸看——看得到的方格手摸过去竟然柔滑如无间,售货员仔细地告诉我布料织造的密度是多少针多少行,我记不住,只是不住点头伸舌,厉害厉害。

自此上床有了一种标准,我说的是舒服的标准。即使东南西北飞来飞去,真正可以睡一床FRETTE的机会不多,但这种理想的亲密的无保留的肌肤接触,还的确是会叫人怦然心动的私体验。夜了,累了,一个人,可能在等另一个人,可能在离家千里之外,可触可感可拥可吻的,对不起,极可能就是你的枕头和床单。

即使是季末清货大减价,FRETTE也不会贱价卖得很便宜,所以我告诉自己,还是安分守己地在家里继续用那些不知名的还算可以的床上用品牌子好了。侥幸绝少失眠,累了倒头便睡,做着千奇百怪的梦，所以不会干瞪着眼痛苦地思前想后：为什么不是FRETTE？偶尔在E-bay上看到经典的FRETTE产品有在竞标拍卖的，杀得天价，总是有点好奇不知谁爱上谁躺过睡过的旧床单，这也许可以勾引出另一桩比较惹人遐想的情色故事吧。

还是到处爱逛FRETTE的专门店，也高兴这个百年老牌终于在Fin.Part集团的接管经营之下，传奇得以延续。创办人埃德蒙·弗雷特（Edmond Frette）于1860年在法国格勒诺布尔（Grenoble）创业，五年后迁回意大利蒙察（Monza）。米兰的专门店开业于1878年，为当时的皇室贵族提供最上等的标榜意大利原产和精细手工的家用织物，Margherita女王、Torlonians、Viscontis等家族以及梵蒂冈教廷教宗都是忠实顾客，FRETTE的大名不胫而走。除了在名门府第寝室餐桌上出现，FRETTE也被全球不少尊贵五星级酒店甚至东方快车用作标榜待客优质服务的明证。

近年FRETTE积极开拓产品系列，除了一向口碑极佳的床上用物，更发展出高级家用便服，香氛蜡烛以至扬帆出海的贴身装备系列。出现在各大时尚消费杂志上的FRETTE宣传广告由著名摄影师Daniel Aron操刀，一系列暖调的照片拍出高贵卧房中的柔和闲逸，床上没有刻意地过分整理，就让一切床枕衣物的皱褶都自然呈现——毕竟FRETTE的好材质再皱也还是柔滑的，那些近乎完美的起伏与弧度，一如叫人心动的身

01. 一床FRETTE，太舒服的她却不幸失眠
02. 总是设计生产最贴身的身外物，FRETTE的设计师怎能不对花花世界各式人等有更深入更进一步的认知了解？

03. 摄影师 Daniel Aron 把一整系列 FRETTE 就这样铺在地上，有了 FRETTE 好好睡，恐怕连豌豆公主的童话传说也不成立了

04. 贪求舒服没有罪，令人痛苦才是不该

05. 老实说是有点奢侈，但也别忘了每年连卡佛百货公司都有一减再减再继续减的时候

06. 长年建立起一种品牌的权威优势，FRETTE 近年推出的香氛系列自然备受欢迎

07. 亲子关系也巧妙地被拉进来为品牌的温暖舒服形象加分

08. 桌上小餐巾也是 FRETTE 的货色，叫人怎么敢开怀大喝大吃，生怕弄脏了这艺术品一般的生活道具

09. 从头到脚，穿与不穿，爱与不爱，毕竟选择决定都由你

体和呼吸，这跟我拍下的过百张有点仓促有点混乱的床景很不一样。——床上确实是有风景的，此时彼时，上一回和下一回，不尽一样。

10.

11.

延伸阅读

www.frette.com

www.gianfrancoferre.com

Gillow, John and Sentance, Bryan
World Textiles, a visual guide to Traditional Techniques
London: Thames & Hudson, 1999

10. 如果要我做决定，还是一床纯白纯棉的床单被枕对我最吸引，太贵气的花草纹样还是留给身娇肉贵的您
11. 都是那几个英文字母调来换去，Gianfranco Ferre 的招牌做女装白衬衫也许应是喜爱FRETTE的女士都有兴趣的吧

诗工厂

　　如果说诗能够在工厂里头生产，我的某一些诗人朋友可能会狠狠地瞪我一眼，甚至头也不回地走开。但我知道，我那些比较调皮好玩的、比较爱喝酒或者爱吃药的诗人朋友一定会明白一定会同意。对呀，那宽深巨大的厂房，那些叫人目瞪口呆的叫不出名字的机器仪器，那些身穿各种不同制服的勤劳的工人，那结构严密的生产工序，那安排流畅的生产线，都是多么新奇有趣的空间和活动。在这里头，怎可能没有诗？

　　也许我那些太紧张太严肃的诗人朋友怕的是流水作业大量生产，但不要忘了诗除了可以被朗诵（最好当然由诗人亲口朗诵），也需要被印刷，才能得以流传推广。当一本诗集能够有五万、十万或以上的印刷量，有中英法德意西日印韩等各种翻译版本，那是多么美多么诗意的一件事。

　　就让我们在工厂里开始生产诗吧，把文字把词句把意象把比喻都拿来，自由地拼贴严谨地剪裁，就看你有多敏感灵活地去设计你的思路和工序。你在制造诗，你在把铜、铁、锡、铝、木材、泥土、玻璃、塑料都拿来，挑好不同的颜色，拿捏各种形体，处理大小比例，调校不同材质的配合，着意最后的打磨修饰。因此我们面前有会像火车进站时高昂鸣叫的烧开水的铜壶，有像原始部族图腾及酋长权杖一般的现磨胡椒和盐的木头高瓶，有像科幻先锋经典电影《大都会》机械女神一般的金属开瓶器，有像中世纪尖塔一般的不锈钢咖啡壶，当然也有像昂首阔步的三脚蜘蛛一样的银色手挤榨汁器，有像工地里工人砌砖刀一样的切饼刀，有像露齿小魔怪的五颜六色的开瓶盖小工具，有变身成各种半透明塑料趣怪动物的盛蛋器、牙签筒、调料瓶……这些日常家居生活必需器物都不再平凡一般，它们都脱胎换骨成了优美的诗。

诗是用意大利文写的，不懂意大利文不打紧，就像英语拼音一样把单词拆成音节，先念念看吧，ALESSI，A-LES-SI，也许是继可以喝的卡布奇诺和可以吃的提拉米苏之后，你该懂得念的意大利家用品牌名字。

"如果说别的国家有一种设计理论，意大利却是有一套设计哲学，更也许是一套设计思想体系……"意大利符号学家、文化批评家和作家，《玫瑰的名字》和《传科摆》等名著的作者翁贝托·埃科（Umberto Eco）在1986年曾经骄傲自豪地说过。而意大利建筑师Luigi Caccia Dominioni就更爽快直接地说："十分简单，我们就是最棒的！我们有更多的想象力，有更古老的文化，而且能够更好地协调过去与未来，这是为什么我们的设计能够比别的国家更有吸引力，更经得起时间的考验……"听来有点自大的口气也因为他们真正自大得起。一千几百个念得出的设计品牌记不记得住没关系，反正"意大利"三个字已经是最响亮的名字。

无论你要求的是品质，是风格，是科技，是实用，是感觉……意大利的产品设计总都能够满足你。尤为奇妙的是，无论是一张椅子一只杯子，总包含了比功能要多出更多的东西，既满足日常生活需求，又同时成为文化领域里的话题。要说能够代表意大利设计文化，深入各阶层家居生活，创意十足活力满分的一个好案例，非ALESSI莫属。

来自意大利北部奥尔塔（Orta）湖区斯特罗纳（Strona）河谷Luzzogno小镇的阿莱西（Alessi）家族，早于1633年就开始了家用锡壶锡罐的生产制作。八代相传，一直到现任ALESSI掌舵人Alberto Alessi的祖父Giovanni Alessi在1921年正式收购了当地几家生产铜器、黄铜和银器的工作坊，比较有系统有管理地生产高档家用厨具餐具。Alberto的父亲Carlo和叔叔Ettore，于五六十年代再把生产设计向国际推广，是"二战"后在国外能被叫得出名字的意大利设计品牌。直至念法律的Alberto在20世纪70年代正式接掌家族生意，热爱文化艺术的他首先叫人瞩目的动作是邀请了一批知名艺术家例如达利，为ALESSI设计了限量生产的Multiplied Art系列，作品介乎雕塑与实用之间，媒体争相报道，轰动一时。

自此一发不可收拾，三十年来先后跟ALESSI合作过的都是国际知名的实验前卫的有争论性的建筑师和产品设计师——当中有意大利设计教父、横跨数代的老顽童Ettore Sottsass（能够老得如此优雅和风骚，叫我愿意早一点变老！）；有早成设计传奇的Richard Sapper（因为他设计的Cintura di Orione厨具系列而决定走进厨房的大不乏人！）；有德高望重却永远新潮的Achille Castiglioni（他甚至特别设计一个塑料小调羹方便大家把最后留在玻璃瓶内侧的酱料都能够取出来!);不能不提的还有超级玩家 Alessandro Mendini(千禧年小玩意儿是把一台计算机弄成一排巧克力模样,大热大卖!);还有是叫人怀念的诗人建筑师 Aldo Rossi 的有如微型建筑的咖啡壶和茶具;当年后现代建筑风潮的领航员 Michael Graves 的对传统的笑谑。再这样一一列举下去不得了,因为你会惊讶把这批设计师的名字和作品排开来,俨如袖珍本当代设计史:Philippe Starck、Ron Arad、Andrea Branzi、Norman Foster、Enzo Mari、Frank Gehry、Jasper Morrison、Marc Newson……还未计算那些每一回都变成设计界盛事的专题邀请创作展:1983 年的"Tea & Coffee Piazza"有十一个国际一流建筑师设计的银器咖啡或茶具,高贵极致;1992 年的"100% Make Up"有一百个创作人被邀为同一大小的瓷瓶子设计着色,每款生产一百个合共一万个,活泼热闹。加上 ALESSI 的上百个系列几千个单项中,也包括了复刻英国设计祖师爷 Christopher Dresser 的跨越时空的餐具,包豪斯团队的经典代表作,以及美国现代主义先锋、芬兰裔的 Eliel Saarinen 的超前创意,让多金的收藏者又有了逛街的借口。

20 世纪 90 年代初,Alberto Alessi 洞悉先机地决定把产品系列年轻化,以适合更多元更活泼的年轻家用品顾客,大规模地推出了由年轻设计师设计、以塑料为主的中低价系列。对这转变有怀疑的有心人起初不以为然,认为这会有损 ALESSI 的高档品牌形象,但事实证明 ALESSI 因此更深入民间更为人

01. 众多的 ALESSI 产品中有此独立限量版生产系列唤作"OFFICINA ALESSI",小巧精致的一本目录列举的都是名家经典复刻和特约设计
02. 后现代风潮领航员 Michael Graves 的设计手稿这样一摆一放,已经是 ALESSI 的最佳广告
03. 偶像级建筑设计师 Aldo Rossi 的压滤式咖啡壶,不喝咖啡的我还是要拎一个在手中才甘心

04. Piero Bottoni 远于 1928 年设计的一组层叠糖果碟，1991 年复刻又成热卖

05. ALESSI 产品的平面广告时有惊喜，就让你上一堂设计历史课也应当

06. 同样是 Aldo Rossi 设计的咖啡壶，分明又像他的微型建筑式样

07. ALESSI 转向年轻化色彩化设计的重要一步，擂台上的设计师 Guido Venturini、Stefano Giovannoni 和 Mattia Di Rosa 功不可没

08. 都忘了哪年的生日礼物中有 Starck 的一个蜘蛛脚柠檬榨汁器，大抵友人误会我死忠这法国胖子吧，其实——

09. 大眼怪是什么来着？唤作 CanCan 的当然就是一个开罐器

10. 好了好了，收藏的最后一个咖啡壶，久居意大利的德国设计师 Richard Sapper 的经典作，Coffee Pot 9090

11. 新的旧的 ALESSI 在一起，新秀 Biagio Cisotti 咧嘴笑的塑料开瓶器和老将 Ettore Sottsass 的不锈钢镂花碟各领风骚

12. 一百个不同领域创作人的设计图样，各自限量生产一百个，共一万个彩瓷罐在全球巡回展出并接受认购，1992 年的盛事也算得上是 Crossover 的先行

认识接受。那些色彩鲜艳的家居实用小玩意儿，便宜却不低俗。最叫人忍俊不堪最得我心的是一个叫作"自杀先生"（Mr.Suicide）的浮水小娃娃，铁链牵着浴缸或洗手盆的胶塞，水满水退载浮载沉，黑色得美妙！如果把这些大量生产的玩意儿也看成有趣的诗，大抵也就是老妇和小孩都能懂的诗吧。

有诗就有梦，有梦就有诗，生产诗的工厂也是造梦工场。能够在管理营运开拓发展上有鲜明原则态度清楚立场，让设计者能在最充裕的生产条件支持下，活跃地愉快地进行创作，精深理念转化为生活小品，工程庞大受惠者众。不过话说回来，多年前人家送的 Philippe Starck 设计的 ALESSI 出品的银色高脚蜘蛛榨汁器，第一次用的时候弄得一手一桌一地都是橘子汁，再一看，人家招贴包装上说是用来榨柠檬汁的。一生闷气，从此把它一直放在家里橱柜最顶层，提早退休高高在上。

13. Alessi 家族第三代领导人 Alberto Alessi 执笔亲述如何领导家族企业迈进千禧新时代，造梦工场成绩傲人并非一觉醒来就成事

延伸阅读

www.alessi.it

www.dolcevita.com/design/designers/mend0.htm

Alessi, Alberto
**The Dream Factory,
Alessi since 1921**
Milan: Electa, 2001

Sparke, Penny
Italian Design, 1870 to the Present
London: Thames & Hudson, 1988

Redhead, David
Products of our Time
London: August, Birkhauser, 2000

走钢索的日子

米兰街头,1974年的某个也不知是上班还是工余的乱逛逛看的下午,年轻的推销员欧金尼奥·佩拉扎(Eugenio Perazza)被书店橱窗一本书的封面忽然吸引住。

书的封面是一张椅子,一张用钢索结构成座位、用极细钢根支撑作椅脚,流丽轻盈、通透大方地"浮"起来的椅子,叫 Eugenio 顿时眼前一亮灵光一闪。作为一个在一间颇有规模的钢索生产商工作,一天到晚要向客户推销钢索的多功能用途,甚至要负责统筹生产一些平价的家用钢索产品诸如晾碗碟钢架晾衣钢线的小职员,可不可以做一些比较不一样的事?——那个时候,Eugenio 肯定没有想过"设计"这两个字。

他当时当然也不知道他看到的这张钢索椅子早就是设计经典,早于 50 年代初由美籍意大利裔设计师 Harry Bertoia 设计,更由美国家具龙头老大 KNOLL 生产。Harry Bertoia 自小对金工铸造疯狂着迷,40 年代初已经是美国克兰布鲁克(Cranbrook)艺术学院金工制品工作室的主管,后来更与美国设计界风云夫妇档 Charles & Ray Eames 合作研制胶合板家具制作,那数不清的经典椅子的钢索椅身结构,都有 Bertoia 的心血功劳。Eugenio Perazza 不仅马上走进书店把那本书买下来,还立刻走遍米兰的家具名店,一口气买了两张原来唤作钻石(Diamond)的 Bertoia 设计的钢线椅子。"这是我第一次花了这么多钱买的'设计'产品。"Eugenio 在许多年后回忆着微笑道。

如果你脱得光光,一屁股坐进这张钻石网椅中,半小时后是会坐出一身网纹的。但无论如何,椅子还是坐得蛮舒服(当然也有加盖薄薄椅垫的漂亮版本)。Eugenio 没有把椅子搬回家,却径自把它们搬到公司的生产车间,找来技术员一问,发现以公司的现有生产技术,竟然只需六十分之一的价钱，就可以生产出这张卖得天价的椅子，这中间是什么在"作怪"？完全就是因为设计。

Eugenio 马上构思了一系列的设想，找来当时得令的旅居意大利的德国设计师 Richard Sapper，希望发展一批以钢索为主要素材的家用产品，从小型家具到厨具餐具，不拘一格。可是热情满腔的他却被公司老板当头淋了一盆冷水，冲劲十足的他头也不回地辞了职，伙同几位志同道合的设计师建筑师朋友，赤手空拳准备打出自己的天下。

如果 Eugenio Perazza 当年不是一时冲动，不是这样豁出去了准备走钢索，我们今天就少了 MAGIS 这个闪亮创意十足的意大利家具日用品设计品牌。开始的时候甚至没有正式的工作室，他们就把自己的设计理念生产计划大纲邮寄给所有主要的家具店。1976年的米兰家具展，MAGIS 甚至还未能正式生产第一件产品，只是展出设计草图和初模——一辆可以调节高低的可移动的手推车，方便在家里捧餐递茶的家用小道具。他们当然没有自己的工厂，一切都是外包制作生产，因此花在协调配合的时间精力就得额外多。

这条悬空的钢索不好走，在一切上轨道之前，当初的合作伙伴已经先后离开，只剩下 Eugenio 独自上路。年少气盛的他不服输，还是争取一切机会与意大利国内的设计老手新秀合作，从最最日常的家用踏脚梯、熨衣板、手提购物小车开始，以相宜合理的价钱，提供叫一般消费族群逐渐留意欣赏的设计创意——无论是产品的功能、造型、物料还是颜色，都有微妙的更新突破。年复一年的累积，MAGIS 在创业近十年后才开始有了比较像样的产品目录。

脑筋灵活的 Eugenio 也一直开发与国际级设计师的合作关系，为这些各有所长的创作人提供开放的合作关系和技术支援。多年来合作过的设计师从殿堂级显赫名字如法国的老前辈 Charlotte Perriand（勒·柯布西耶的合作知己），英国的 Robin Day，到当年还是初出茅庐如今已是如日中天的 Marc Newson、Jasper Morrison、Micheal Young、Bouroullec 兄弟以及 Marcel Wanders 等等，几乎八九十年代那一群设计潮流闯将都是 MAGIS 的合作伙伴，更重要的是每个个体的设计风格都分别得到最大弹性的展现，而不是为了统一口径地擦亮 MAGIS 的金漆招牌。

作为 MAGIS 的创办人兼创作总监，Eugenio Perazza 很清楚地为自己已经二十六岁的"儿子"定位：MAGIS 是一个设计及销售的统筹中心，一个没有工厂设施的生产商，生产的是全球行销的高品质家具及家用产品。有眼光有勇气，MAGIS 的成功一方面来自一个从设计者到销售网都矢志全球相连的策略，另一方面也紧扣意大利国内众多小规模的尖端生产技术。

长期的合作建立起一种令小量订单也有条件生产的可能，大胆灵活的环环紧扣，走钢索也走出曼妙姿态。

不知不觉，MAGIS 的设计产品已经在日常生活的每个角落出现。先在伦敦潮流热点 Coast 餐厅出现的由 Marc Newson 度身设计的一系列餐桌椅，说不定你家楼下新开业的餐厅也在用；Richard Sapper 设计的可折叠的 Aida 单桌和单椅，早就出现在学校的课室中；走一趟中环兰桂坊，数不清有多少酒吧在用 Stefano Giovannoni 设计的 Bambo 家族的或高或矮一列七个颜色酒吧凳；还有厨房中由 Marc Newson 设计的晾碗碟的颜色鲜艳突出的 Dish Doctor；注入清水用作门挡（兼举重器！）的塑料怪物唤作 Rock；希腊神话大力士 Hercules（赫拉克勒斯）衣架；Jasper Morrison 的层叠酒架是长年热卖；Micheal Young 专门为爱犬设计的塑料狗屋连不养狗的也买来放玩具 Snoppy；至于 Bjorn Dahlstrom 设计的有如星战武器的行山拐杖；巴西怪鸡两兄弟 Campana 设计的羽毛毽子……都是越战越勇的 MAGIS 在这几年间大展拳脚的见证。

就以应用了最新的气体造模 Gas Moulding 技术来实现设计意念的一系列 Air Family 桌椅来说，长期跟 MAGIS 有良好合作关系的 Jasper Morrison 由衷地佩服 Eugenio 及其工作人员在整个生产设计过程中的支援配合。为了使设计成品更轻巧、更省原料、更省工序及时间，MAGIS 在 2001 年

01. 恐怕在无数酒吧在无数个醉醉醺醺的晚上也都半屁股坐过这张唤作 Bambo 的可以调节高低单椅，意大利设计师 Stefano Giovannoni 于 2002 年的作品

02. MAGIS 掌舵人 Eugenio Perazza 目标明确方向清楚，打的是国际牌，视野焦点当然跟一般品牌都不一样

03. 德国设计师 Konstantin Grcic 是近年备受重视的多面手,从家具到灯饰到厨具餐具,都有他的一套设计理念,也得到厂商支持完成投入生产。面前的 Chair-One 铝质单椅系列是一个十分图案化的立体实验

04. 找来越来越风骚的澳洲设计师 Marc Newson 设计的一个注水挡门器唤作 Rock,千万不要因为颜色太漂亮把它当水壶

05. 同样是 Marc Newson 在 2003 年设计的 Nimrod 矮身单椅,贯彻其中有的是 MAGIS 的玩乐精神

06. 有了颜色造型都如此厉害的 Hercules 衣架,难怪一衣柜的衣服都是黑白灰就足够了

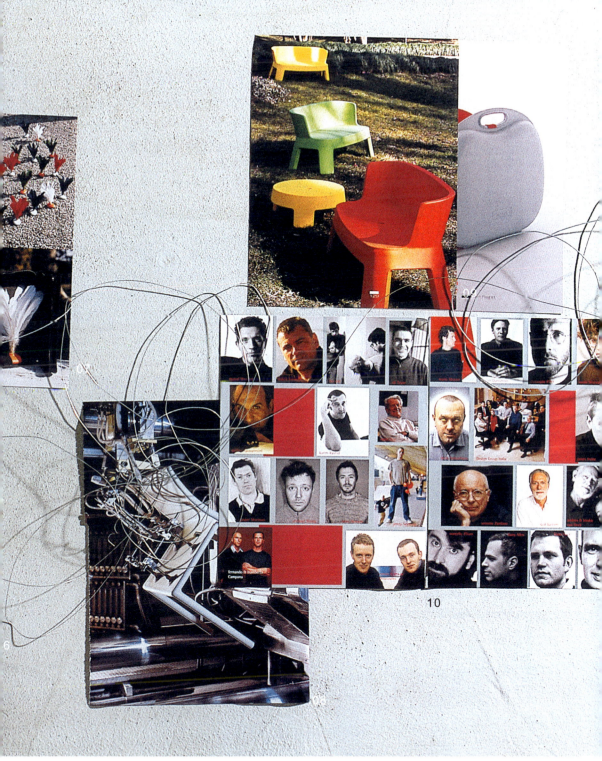

07. 当毽子也有专人为你设计，可会大脚一踢踢到巴西 —— 来头不小的巴西设计兄弟班 Fernando & Humberto Campana 和你共呼吸同游戏

08. 投资了八亿意大利里拉研究开发的 Air Family 桌椅，以 Gas Moulding 技术成功令椅身中空却结实稳妥

09. 英国设计师 Michael Young 的户外桌椅 Yogi 系列活泼调皮，恐怕是要主攻小朋友市场

10. 诸神列阵，MAGIS 的设计班底排排坐可写成半本当代家具产品设计史

投资了八亿里拉研究开发更精细的模具和造模技术，专门就为了要攻下这一个科技关口，我们在咖啡厅里一手拎起这张中空而又结实的漂亮塑料椅子的时候，怎晓得这一切原来都不简单。

在这个什么方向也是方向的年代，设计不再是单单风格上的摆弄，背后实在有一个强有力的引擎在推动在运作。先进生产技术可能随手可得，但如何统筹应用这些技术就是挑战所在，也就是MAGIS成功并受人瞩目的原因。从设计构想、执行、生产制作到销售推广，一个中小型的核心团队向四面八方伸出了敏感触觉，当原来战战兢兢在走的一根钢索变成一张结实的钢网，乐于其上嬉玩的游戏和花式当然也不一样。

延伸阅读

www.magisdesign.com

Fiell, Charlotte and Peter
Designing the 21st Century
Koln: Taschen, 2001

Terragni, Emilia(edit)
SPOON
London: Phaidon, 2002

11. 酷得厉害的步行手杖叫作Joystick，瑞典设计师Bjorn Dahlstrom的奇怪念头变成事实，擦头的反光设计更可方便夜间行走

12. MAGIS自家编辑发行的不定期通讯，汇报跟MAGIS相关的大小设计事项，也让大家更深入八卦旗下设计团队的动向

舒服好男人

　　坐在他设计的沙发中等他,十年前、十年后的此时此刻,前后两次。

　　正在盘算待会儿要不要告诉他,到现在还好好在我家客厅中的两座位FLEXFORM小沙发,每天跌坐当中自顾自依偎缠绵,一晃眼又快十年——当然,沙发也是他当年的设计。

　　常常会想:一个设计师的工作满足感来自哪里?是生产商付给你的那一笔可观(或者可耻)的设计费或者版权报酬吗?是产品宣传广告和报道里重复又重复出现的你的名字吗?又或者是当你看见有人坐在你设计的沙发上伸个舒服的懒腰,躺在你设计的床上拥着你设计的枕头盖着你设计的毯子睡得香甜,手腕戴着你设计的手表在看时间,用你设计的杯子来喝水,穿上你设计的鞋、袜、内裤……你会因此满足,打从心里微微地笑出来吗?

　　如果用微笑来量度满足,恐怕我正在等的安东尼奥·奇特里奥(Antonio Citterio)一天到晚都要笑得合不拢嘴了。出道近三十年来他设计过的可躺可坐的沙发和单椅不下百张,灵活的可以推来推去的小几小桌几十款,当然少不了杯盘碗碟餐具酒器,至于他经手设计的私人居室、商业零售空间、陈列室,更是遍及世界各地,最近更在德国汉堡盖了两栋独立楼房。——看来待会儿可以跟他说笑,坐你的,吃你的,住你的,如果对一个人有足够信任,生活该可以由他来设计——

　　还记得十年前在家具展览场中在FLEXFORM的陈列摊位里约好了他做访问。坐在他刚设计好的唤作"Press"(真巧!)的藤背单椅中等他,忙得不可开交的他迟到了,蓬松竖发随便披一件西装外套匆匆赶来,一脸抱歉笑容。当年他才四十出头,个子不高,有点小胖,很住家男人好父亲的感觉，不像某些从内到外都要摆出尖端前卫姿势的设计师，要靠外表造型吓唬人。

坐下来滔滔不绝，谈的是当年他钟情的轮子。那时候他刚为意大利塑料家具厂商 KARTELL 设计了一系列轻巧的折台，用作沙发旁配套的，或作小餐车用的，甚至是书桌旁的放电脑、电视以及音响用的，大多都配上了可以自由滑动的轮子。他相信当今家里需要的，再不是那些谨慎严肃的超级大件头，代之而起的该是灵活可动的组件，一天二十四小时有这样那样的即兴，配上轮子的家具既有象征意义也确有实用价值。

也许就是受了这一次感召，不久后搬新家的我就用上当年一整个月的薪水买了 Citterio 替 FLEXFORM 设计的两座位沙发——超级舒服不在话下，沙发的前脚还真的是左右两个轮子，提起实木后脚，的确搬动得轻松方便。

作为传统家具工匠的儿子，Antonio Citterio 打从十二岁那年就在老爸的工厂混，更拥有自己的"办公桌"，天马行空自己发明创造，一手包办友侪的木头玩具。梅贾（Meda）地区是意大利传统家具创作的大本营，大小家具厂林立，所谓设计根本就是日常生活用词。在这个环境中长大的 Citterio，在考入米兰理工学院修读建筑之前，已经把自行设计的家具图样交与厂商生产，这些青春往事没有成为他过分骄傲的本钱，一切机会都在旅程中下一个转弯处等候。

前辈埃托·索特萨斯（Ettore Sottsass）穿针引线，Citterio 在 1985 年设计了时装店 ESPRIT 的米兰总部，之后紧接着又完成了阿姆斯特丹及安特卫普的 ESPRIT 总部，以及巴黎、马德里、里斯本等地的 ESPRIT 旗舰店的设计，他和美籍妻子特里·德万（Terry Dwan）更一并设计了全欧店内的陈设组件，自此声名大噪的 Citterio 更设计了所有 FAUSTO SANTINO 的鞋店、日本的几处私人住宅、米兰市中心杜莫（Duomo）教堂旁边的 VIRGIN Megastore，还有德国瑞士边境的 VITRA 总部生产厂房……现在轻描淡写说来已经是前朝往事的点点滴滴，却是一个建筑设计师尽心尽力走过的崎岖成长路。

坐在 Citterio 在米兰为意大利厂商 B&B ITALIA 设计完工不久的陈列室里面，过万平方英尺的偌大空间人头攒动，都是假日扶老携幼凑热闹的。忽然有点后悔为什么约他在这样一个日子来谈话聊天，环境着实有点太吵。但转念一想，这也许就是对的：Citterio 设计的空间设计的家具，都不是那种夸张的戏剧化的惊人搞作，他欢迎一家大小悠闲舒服地参与其中，拉近与设计品的关系。追求高品质生活也不应该只是一小撮精英的专利，也不妨热热闹闹地交流互动。

一直在盘算这一别多年话题该从哪里再开始,是否该首先问他新近在汉堡完成的建筑专案呢?从家具设计到空间策划到真正完成整栋楼房,从此工作规模视野角度也该更进一步吧!

又或者该问一个大胆一点的问题,老老实实地乖了这么多年,被认定是好品味的当然首选,有想过忽然转身变脸,给自己给大家一个震撼惊奇吗?

当一个设计者的作品欣然被大众接受,设计者自当发觉此时此刻最要面对的是自己,一个不能因循守旧的自己,一个务必往前看领先一步的自己,一个好丈夫好爸爸而且又是一个好设计师,加起来会不会其实有点闷?是否可以使点坏,让自己更有活力更有弹性更多面向——这也许不是我待会儿这么容易就提出的问题吧,毕竟跟他又只是泛泛之交,虽然我平日也习惯口没遮拦的。

此时此刻坐的是 Citterio 替 B&B ITALIA 设计的宽阔无比的沙发,如果不是在公共场合,我早已两脚一缩躺上去睡懒觉了。毕竟我还是感激 Citterio 给大家设计出这样的沙发,给舒服下了标准定义。也就是这么舒服地躺着坐着等着,想到以上一堆问题问他——问自己。

01. 两岸高手首度合作,B&B ITALIA 的伦敦陈列室,由简约大师 John Pawson 负责整体建筑,Antonio Citterio 设计室内,虽说实而不华、回归基本,也的确有一种大气
02. 不愧是全才多面手,Antonio Citterio 与 Oliver Low 合作设计的一系列照明灯具,细致照顾到每一个机械造型细节

03. 合作无间，Citterio & Low 的另一组简单直接的吊灯作品 H Beam / U Beam，由厂商 FLOS 生产

04. 看到有轮可灵活移动的小几小桌，沙发单椅甚至睡床，就会想起 Antonio Citterio，什么时候连拖拖拉拉的小车也有他的签名

05. 每年跑到 KARTELL 的陈列摊位，只见满满都是 Citterio 的新作，连同他的长年热卖的货色，快可以替他专门开一个展馆了

06. B&B ITALIA 在米兰的超大型旗舰陈列室当然也是全盘交给 Citterio 处理。有别于一般名牌的高贵冰冷爱理不理,这里成功地营造一个活泼热闹的家庭氛围

07. 跟 Citterio 初相识是由他替 FLEXFORM 设计的这一张舒服沙发开始

08. 德国汉堡港口的一幢办公大楼,是 Citterio 从事建筑设计以来规模最庞大最完整的一项作品。当中运用的设计语言是他的家具和产品设计的延伸,并未有太大惊喜

09. 求一个安稳妥帖,选择 Citterio 的设计当然最有保证,但如果你又心心念念开始想冒险——

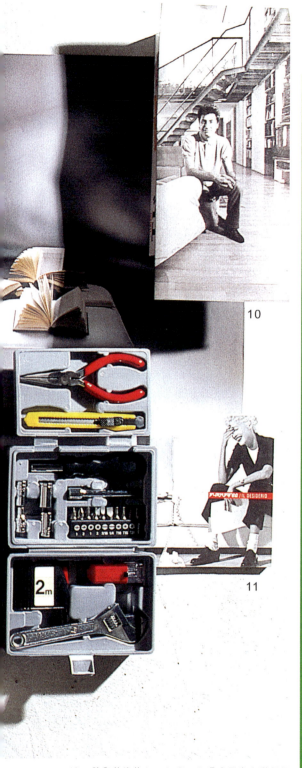

10.
11.

延伸阅读

www.flexform.it

www.bebitalia.it

www.kartell.it

Pawson, John
Themes and projects
London: Phaidon, 2002

邱莉慧 编
举手！关于空间我有意见
台北：麦浩斯资讯，2002

10. 随和健谈的 Antonio Citterio 是典型意大利好好先生
11. 当你发觉身边人并不可能伴你一生一世，是要找一张可靠的沙发依靠一下的时候了

起飞的绵羊

她是一个公主，他是一个记者。

公主不可以睡懒觉晚起床，早上八时半就要穿上量身定做的[是GIVENCHY（纪梵希）吗?]纯白雪纺套装，参观汽车厂，获赠一台汽车，到植物园为一棵树命名，然后是孤儿院的开幕典礼，匆匆回到下榻的大使馆跟外交部长午餐，然后又要出发到下一个官方仪式……公主不易做，公主叫闷，公主发脾气，公主睡觉要吃药，吃了药又神志恍惚地溜了出去，碰上他。

他是格利高里·派克，前些时候在睡梦中，在跟他结婚48年的法籍妻子身边，安详地走了，享年87岁。作为一代俊朗性格男影星的这位白马王子戏迷情人，是将军是侦探是律师是大盗是教授也是记者，那位与公主奥黛丽·赫本在深宵的罗马街头邂逅的美国记者。十分君子的他把一段公主出走逸闻（包括那一度燃亮的爱火）好好地收藏为私家心底浪漫伤感回忆。唯是那一整天的罗马假期，打着领带穿着英挺淡灰西装的他和穿着松身衬衫半截蓬蓬裙的她，骑着小绵羊VESPA，在1953年的罗马大街小巷悠闲慢驶。公主侧身坐在后座，轻轻从后拥着他，一脸兴奋快乐。这固然是身娇肉贵的皇室的一次偶然脱轨叛逆，同时更是意大利设计意大利生活模式一次最成功最经典的全球发行公关动作。

没有生长在台湾的同代人的机车回忆，长在香港的我从小就学大人一样讲求速度，而且怕脏贪懒，风驰电掣的私家房车满街都是，早就把自行车和机车排挤掉，只剩下小成本小生意运输送货的，才会用得上那些跟极速社会好像有点脱节的需要身体力行的交通工具。加上地下铁早就有了，公共交通网络决定了我们的日常行动范围，以至有很多港九新界的街巷恐怕是这一辈子都不会走进去了。

所以最近在重看《罗马假日》的时候，恍然明白了当年如此着迷这部爱情小品的原因。公主的清丽脱俗与记者的俊朗不凡以及两人之间的无花果恋情固然是个吸引，最叫人心痒的却真的是那一台自由自在的 VESPA，不管是那绰号 Paperino（意为"丑小鸭"）的 1943 年的 MP5 型号，还是 1945 年的 MP6，反正都是有若大孩子的大玩具一般可爱造型的魅力——魅力来自看来简单的结构与操作，背后其实是细致精准窝心体贴的设计考量，来自那亲近民众接近街头的沟通渗透能力。

仔细翻开 VESPA 的历史，小绵羊一跃而成 20 世纪 50 年代初最受欢迎最普及的机车，成为意大利"二战"后第一设计品牌，正就是当日 VESPA 的生产商 PIAGGIO（比亚乔）领导层的一个准确精明的决定。战争岁月中的 PIAGGIO 因为物资短缺和资金困难，由生产航空产品沦为制作铝锅厨具。战后复原开始，PIAGGIO 马上决定转战民用交通工具，第一项目就是唤作 VELTE 的机车，由设计师 Vittorio Belmondo 设计的 MP5 型号，是日后 VESPA 系列的前身。直至 1945 年，PIAGGIO 决定转聘于 20 世纪 30 年代设计第一架可以升空的直升机的意大利设计工程师科拉迪诺·达·萨尼奥（Corradino D'Ascanio）为 VESPA 的设计主脑——小绵羊不会飞，但也着实有"起飞"的能力和意味。

Corradino D'Ascanio 是一个从来充满自信的人，他的坚持和固执从第一日接任设计 VESPA 就如是。他拒绝去碰上手设计师的草图，一切要从头开始——他其实从来没有骑过摩托机车，也觉得要像骑马一样提腿跨上去很不方便，所以在一个星期天的早餐时分他就很轻松自然地决定了 VESPA 的一个最重要的结构"特色"，车身"中空"，骑士轻易走上车，坐下来而不是骑上去。此外方便骑士的还有前置成把手的变速杆，马达安排在后座盖好不会弄脏裤子，还有好些从多年设计直升机得来的经验，改良改造了这个在地上行走的传统，我们现在视作理所当然的一些设计安排，当年可的确是大突破。

D'Ascanio 也从来不觉得由"天空"到"地面"是大材小用，他绝对可以为这流行了好几代的 VESPA 现象而骄傲，即使记者先生没有载着公主到处跑，VESPA 根本就是价格合理广受大众认同的代步工具。"二战"后迅速发展起来的流水生产线，熟练的技术工人再度投入岗位，把手工技术与机械生产完美结合，这也叫这些已有五十多年历史的古董老车至今还是收藏家爱好者的狂恋对象，就是因为那种无可替代的独特手感。

同样是罗马，同样是摩托机车，有《罗马假日》式的小绵羊 VESPA 的悠闲，也有之后费里尼在《罗马》中开头与结尾的狂飙。性格使然，我不会选择哈雷机车活得狠、骑得快、死得早的霸道自大，也不会选择一众日本机车的坐上去必须变成蒙面超人才匹配的太卡通的造型，我还是倾向五六十年代的不徐不疾的 VESPA、LAMBRETTA，至于一度转折到英伦成为年轻次文化 Mod（Modernist 的简写）热潮，剪一个冬菇头，穿上 FREDPERRY 或者 BEN SHERMAN Polo 衫，还有 CLARKS 的沙漠靴，活像出现在 1979 年谁人乐队（The Who）崩裂电影《四重人格》（Quadrophenia）中的乐手史汀，也许不必如此这般跟得太紧太贴——不过还得澄清的是，根本没有任何驾驶执照的我，所谓爱车也光是经过汽车陈列室的橱窗目瞪口呆地看，幸运地可以搭搭朋友的便车，因为我早就知道，以我这种走在路上目不转睛看人看狗看花的德行，实在无法专心驾驶，免得遗祸人间。我还很戏剧性也很果断地在我考驾照的前一天把准考证给撕成碎片，心爱的 AUSTIN MINI COOPER，心爱的 VESPA，经典图片和玩具小模型倒是收藏了不少。

有情有义的记者格利高里·派克走了，一如《罗马假日》结尾一幕他落寞地踱步走出空洞的大堂。优雅高贵的公主奥黛丽·赫本早在他十年前已经先走了，上帝身旁多了一位美丽的天使。而那一台曾经载着两人穿过罗马街巷的小绵羊 VESPA，倒还是好好地泊在路旁，随时候命，徐徐起飞。

01. 永远的公主，永远的假期，永远的遗憾，当然还有永远的 VESPA
02. 从佛罗伦萨圣马可博物馆（Museo S.Marco）购得小小音乐天使圣像，我常常一厢情愿天使在身旁，比方说，DVD 中的奥黛丽·赫本——

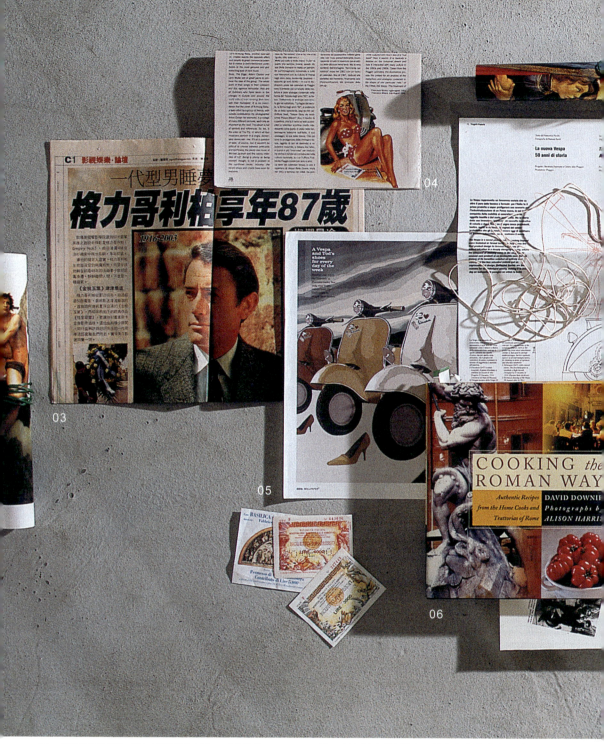

03. 翻开影视娱乐版，五十大银幕英雄之首，一代性格男星格利高里·派克安详地走了，载他上路的可会是 VESPA？

04. 坊间已不多见的 VESPA 经典月历女郎 Vespa Bella Donna，由米兰插画家 Francesco Mosca 手绘，是 50 年代初期极受意大利男士欢迎的贴满一房的美女图

05. 历久不衰的 VESPA，四十年后依然出现在潮流杂志如 WALLPAPER 之中，也来一点怀旧插图式样

06. 骑着 VESPA 与心爱之人走遍罗马大街小巷，为的是那刚刚萌芽的一段恋情，也为了寻觅城中没法抗拒的美食

07. 1945年设计的VESPA 98型号,手绘机件构造图有着航空直升机械的精准

08. 不同理念不同风格不同长相,Phillipe Starck于1995年设计的Moto6.5看来并不能抢走VESPA的死忠

09. 1945年由D'Ascanio设计的MP6,是VESPA 98的原型,迷人魅力尽现

10. 还未考得摩托车驾照上路的我,先搜集一下小玩具也可以吧!

11. 1996年设计的VESPA新型号内内外外调节一新,然而留住一点昔日的记忆也是设计目标之一

13

延伸阅读

http://home.roi3.com/~u0341403/
iss15/vespa.htm

www.ing.unipi.it/~dimnp/
personalita/edascanio.htm

www.vespamiami.com/history.htm

Roman Holiday《罗马假日》
Gregory Peck, Audrey Hepburn,
Paramount Pictures, 1953

Root, Peter
Vespa Bella Donna
Kiel: Nieswand Verlag, 1990

Downie, David
Cooking the RomanWay
New York: HarperCollins, 2002

Knapp, Gottfried
**Angels, Archangels
and all the company of Heaven**
Munich, New York: Prestel-Verlag, 1995

12. 无论是意大利的 VESPA、LAMBRETTA 还是印度的 BAJAJ，全球绵羊族有增无减，都是紧贴潮流的后青年前中年男人至爱

13. 《罗马假日》的经典剧照，想不到也是设计史的一页

意大利味道

美味革命

为了吃，我从来耳聪目明——

老同学的女友的表妹的前男友推荐（这些讯息一条也不能掉以轻心！）到了威尼斯，一定要找这家叫鳗鱼的家庭式小餐厅，一定要吃什么什么……

把几天的日程排了又排改了又改，所谓正经地看双年展看建筑听演奏的事都变作点缀，最重要的还是早午晚三餐在哪里吃，吃什么，哪一家要先预约，哪一家要早点去排队，还有哪一家可以厚着脸皮只吃甜点……用心用力，为了吃，因为在意大利，所以值得。

在意大利吃吃吃，从关心自己餐桌上有什么好菜好酒身旁有谁做伴，慢慢发展到"享受"邻桌提供的整体进餐气氛。平常怕吵，但是绝不抗拒大小餐厅里觥筹交错人声鼎沸，那是大家最放松最尽兴的痛快时刻，是填饱肚子以外的进一步。

挑的是周日中午，餐厅在十二点四十五分开门，早到了的我们在店外徘徊。午餐时候比较清醒，比较不容易被酒精提着走，有时间有闲心去留意旁边一桌又一桌的意大利人扶老携幼的家庭聚餐。贪婪地看人家点到菜单上没有的更道地的菜式，以及那连珠炮似的高低抑扬的花腔意大利对白，听不懂，却是猜得更有趣。家人之间的亲密融洽，在吃喝当中尽露无遗。特别留意的是那些十岁以下的小男生小女生，万千宠爱，在家庭餐桌上跟长辈们往来对答，"吸收"到的肯定比在一般课堂上还要多。馋嘴爱吃的训练，对传统美味的执着，自小培养终身受用，真叫人羡慕。

今天我跳过了前菜，准备点的是蟹肉酱汁面疙瘩Gnocchi，以及炭烤新鲜小墨鱼，喝的是稍微有气的白酒。说一口漂亮英语、人长得胖胖的老板微笑着跟我说,最近马铃薯长得不好,做不出最好的面疙瘩,还是试试自家手工做的 Fedeli 圆细面吧。我一听打个怔,昨天在别家餐厅不是有吃过面疙瘩吗,我这些外地人当然吃不出"最好"跟"不是最好"的细致差别,也难得这家老板这么坚持,叫人感动。趁未上菜的时候我到店堂另一边打了个转,有个专柜在陈列贩卖威尼斯邻近地区的手工干面,也有印刷精美的小单张在介绍附近几个岛上十来家强调坚持用道地食材做出传统口味的餐厅,还组成协会什么的。我们有缘身处的鳗鱼餐厅当然是其中一家。

这绝对满意的一顿午餐,有多好吃该卖个关子引诱你,可这一切倒叫我马上想起源自意大利的"慢食运动"(Slow Food)。

慢食,不是因为忙得不可开交的服务生没办法照顾你处理你,让你干啃那冷冷的硬面包,不知等到何时才可以点菜吃点热的。慢食,也不是一群无所事事的老饕一天到晚把风花雪月都慢慢地慢慢地吃光吃掉。慢食,是意义深远、情怀浩荡的一场美味革命!

慢食运动初次在国际媒体上曝光并且引起广泛注视,已经是1986年春天的事。其时跨国快餐集团麦当劳正部署好步步进占意大利餐饮市场,打算在罗马的著名观光景点西班牙阶梯(Piazza di Spagna)旁边开设一间大煞风景的麦当劳。开幕当天遇上的除了趋之若鹜的美国游客(!)、好奇的意大利年轻顾客,还有以意大利美食专栏作家和社会运动家卡洛·彼得里尼(Carlo Petrini)为首的一群示威游行的群众。他们手捧一盘又一盘意大利通心粉,以传统美食现身警惕日趋习惯美式快餐模式的市民大众——好端端的有妈妈味道的正点,为什么会转投麦当劳的怀抱?

早在这趟示威游行之前,Carlo Petrini 已经是一个名为 Arcigola 的矢志保留传统美食的组织的负责人。来自北部 Bra 市朗格(Langa)酒区的 Carlo,早年一直关注家乡的传统食材特产如何在剧变的经济结构下能够持续经营以至发扬光大,后来更走遍全国深入调查研究,有计划地与有志一同的参与者把组织与活动规模壮大。慢食运动在1989年正式正名,针对抗衡的也不只是泛泛的快餐(Fast Food),而是整个速食文化(Fast Life)。

吃什么?怎么吃?在哪里吃?对于 Carlo Petrini 和他的慢食同志,都是事关重大的原则态度。慢食运动不只是强调个人饮食健康慢慢一口一口地吃,提出的是在地(territory)的概念。一个当地人,与当地食材、食谱,与当地文化传统习惯,与当地的文化精神,关系千丝万缕。代代相传的古早味,传送的是有根有源的色与香,人因此得以安身安心,又岂是那仓促粗糙的快餐可以替代？

　　Carlo用调查用事实戳破了麦当劳反驳的百分之八十食材都是意大利产品的宣称，发现从做汉堡馅的牛肉到做面包的小麦到炸鸡块到沙拉蔬菜到马铃薯到橄榄油，都是用工厂规模强行催生，谈不上食物的天然口味与质感，难怪路经全球的麦当劳门口都有那不变的扑面的饱滞油腥以及那同时赠送的厕所清洁剂的化学芬芳。至于这些快餐连锁铺天盖地的宣传广告，致力百变的店面环境，赠送换领的小礼物，以至服务员的礼貌与笑脸，都遮掩不了其最最关键的弱点：食物根本不行，甚至有损健康！

　　与这些快餐集团龙头大哥作对，肯定是吃力不讨好的蠢事傻事。但也正因为怀抱对本土在地饮食文化的深沉爱意，Carlo和他的同志们默默耕耘慢慢培养，在意大利各地组织当地农产业者，针对酿酒、乳酪、松露、橄榄等食材，举行了无数品酒、试吃会，发表了无数调查报告，促成了不少农会的革新联盟宣言，更因此引起全球的相关进出口业者，特别是无处不在的老饕们的热情关注和支持。慢食运动从一个几百人的地区小众参与，十多年来发展为一个全球分会无数（当中竟以美国分会的人口最庞大！）、活动频繁的不再"地下"的不只"饮食"的组织。

　　早就在2004年的记事日程中预留时间要参与由慢食运动支持者主办的两年一度的美食博览品味沙龙（Salone del Gusto），期待

01. 两个世纪以来，从拜伦到福斯特（E.M.Forster）到苏珊·桑塔，与意大利发生爱恋的诗人作家不计其数，Italy in Mind 是一个绝好的书名，我可更希望在字里行间看出他们爱吃什么道地意大利菜

02. 慢食运动的领导人Carlo Petrini娓娓道来他的饮食生活理念，读毕全书发觉竟然是不折不扣的爱的宣言，对家乡对土地对自然对家人亲友的爱，跃然纸上

03. 前菜头盘已经精彩得叹为观止,如何将第一道主菜第二道主菜以至甜品咖啡进行到底呢?不要忘了还有越喝越想喝的葡萄美酒

04. 慢食运动者的宿敌——跨国快餐饮食集团财雄势大网络铺天盖地避无可避。——下定决心的还是可以向这个黄色大 M 字 say "No"!

05. 舍不得随便入口的陈年香醋(balsamico),是时间沉淀,是日月精华,是慢食运动者誓死维护的一项意大利国宝级传统食材

06. 意大利电影中的经典饮食场面之多,足够写几十万字论文剪辑几百小时精华,一边看一边吃,乐不可支

07. 传统饮食生活的简单直接丰盛甜美,是快餐速食的仓促随便无法替代的

08. 到托斯卡纳有一千几百个原因。撕一片现烤的乡村面包蘸进那金黄带绿的醇厚初榨橄榄油,一起入口,那就是托斯卡纳的原始味道

09. 正如考古文物工作者小心保存一小块佛罗伦萨的古董蕾丝,慢食运动者对传统饮食烹调制作方法的记录和坚持,也是花尽心思精力时间

10. 我不送她珠宝首饰,她不送我手表跑车,我们互赠的是上好初榨橄榄油

他们公布的又一批需致力拯救的世界各地传统食材。（为此主席团有计划地努力执行！）组织也公开表扬全球各地为当地食材生态环境有卓越贡献的个人和单位，亦设立大学课程模式去培训有志参与慢食运动推广筹划的有心人，特别着重年轻会员的培养。作为慢食运动这场美味革命的灵魂人物，Carlo Petrini 风尘仆仆地在本地他方出席各项会议和活动。我当然相信他的确是老饕，依然深爱家乡的美酒美食，但出乎意料的是，在看过他的照片后才发觉他一点也不胖，果然如毛泽东所说："革命不是请客吃饭，不是做文章……"

延伸阅读

www.slowfood.com

www.mcdonalds.com

www.italianmade.com

http://italianfood.about.com/library/rec/blr0165.htm

Rowers, Alice Leccese(edit)
Italy in Mind
New York: Ventage Books, 1997

Demedici, Lorenza
Lorenza's Antipasti
London: Pavilion Books, 1998

Petrini, Carlo
Slow Food, the case of taste
New York: Columbia University Press, 2001

Delli Colli, Laura
Il Gusto in 100 Ricette Del Cinema Italiano
Roma: Ellen Multimedia, 2002

Luongo, Pino
Simply Tuscan
London: Pavilion Book, 2001

11. 难得好书一本就叫 Al Dente，弹牙口感是意大利面食的精神，如果连这样一个基本原则都做不到，不吃也罢

12. 环顾四周还真的有一万几千种垃圾食物，一向疾恶如仇的你该振臂高呼把这一切都扫地出门了吧

特技厨房

当看电影不只是看电影,看的是美术指导如何暗地里发功,配乐师如何凌厉出招,摄影指导如何上天下地取景调度,灯光师如何如何——

当吃饭不只是吃饭,吃的不只是色香味,吃的是杯盘碗碟,吃的是厨房——

身边不只一个馋嘴贪吃的,要重新填写我的理想我的志愿的话,他们肯定会投身饮食业。开一间餐厅也好,做一个名厨更妙,又或者一个美食评论家,甚至是一个专攻食物拍摄的摄影师,这一切都为了跟食物更接近,而最接近的,莫如住到一个厨房中去。

随手一算,也真的有不下三五个好友,到他们家一进门就是厨房:有专业味道十足的从头到尾都是不锈钢墙壁,桌面抽屉银光闪闪,连炉头锅铲都是亮丽一套的;有十分乡村情调的土黄或者砖红的四壁,然后墙上挂满大锅小锅刀叉匙还有干了的一串串蒜头和辣椒,香料香草干的鲜的瓶瓶罐罐盆盆到处都是;当然也有死忠简约粗犷的家伙,连厨房也是灰灰水泥墙身,流理台面以至地板,清一色阴冷,至于用上大量的纹理分明的原木,求的是温暖朴实,保守安全。

看一个人一个家怎样安排他或者她的厨房,实在比看书架上各种书籍的堆叠,书页间便条的穿插来理解他或者她的为人个性来得更具体更贴近。

从老远的意大利小村镇买回来一个有荷叶边的白瓷大碟,专门盛意大利面条用,又或者在摩洛哥马拉喀什(Marrakesh)旧城的菜市场中陶瓷杂货店里买来彩绘伊斯兰纹样图案的高脚大碗,该是用来放水果的吧。——几经辛苦捧着上火车下公车上飞机下轮船,回到家放进那个小小的久未装潢的破旧厨房中，你会狠狠地下个决心，为了这只白瓷碟这个彩绘大碗可以好好地发挥它的迷人魅力，你必须把整个厨房都来翻修一遍，甚至推倒墙壁把厨房安排成开放式，换了新天地，重新做人。

当大家在翻掀日本作家妹尾河童有趣的小书《厕所大不同》之际，肯定有人准备把厨房也拿来大做文章，厕所、睡房这些传统的私密地方，在家居空间中扮演的角色似乎很有局限，唯是厨房看来都有弹性，介乎一个私房角落与一个集体交流的空间，家人朋友共同参与包一顿饺子烤一堆饼干做一个起司饼，充分发挥团队合作创意精神，言谈间或者揶揄或者鼓励，都是好事。还记得当年新居入伙暖房（house warming），十多个老朋友一起炮制一个没根没据的蛋糕，面粉黄油鸡蛋糖的分量随意乱放，只是为了大家可以在开放式的厨房／客厅当中看着发光的烤箱像看新买的电视。蛋糕当然是失败的（你看过一个永远都烤不起来的蛋糕吗？），但人人都乐不可支。

每回走进那些家庭式经营的意大利小餐馆，无论人多人稀，都会争取坐得靠近厨房或者上菜位置，为的是借意窥探厨房内的紧张热闹，那些男高中低音吆喝加上那些杯盘碰撞的清脆，都是最悦耳的音乐。而好几趟有机会到意大利友人家里做客，更是一个长达三四小时的综艺表演。

餐前的聊天喝酒，上天下地漫谈，然后话题开始集中到今天晚上的美味创作。大伙儿开始到厨房里去探班，有幸动员妈妈做主厨固然好，不然的话年轻男生在厨房里奋力舞弄一番，也是某一种性感。有一回我已经不怕班门弄斧地做了一大盘烤蔬菜烤茄子和一大盘面条开场，好友Mario还是要下场表演家传做比萨饼的绝活。果然那么三两下手势把两种看来没什么分别的面粉混入清水那么搓及推，就成了一个胀鼓鼓的面团，压平之后放进烤炉不到十五分钟，一张家庭式的烤饼大功告成。然后就是那一道紧接一道的丰盛，到了最后的甜品和咖啡时间，我已经是在半醒半睡半醉状态中流连忘返，下一站，大抵是天国吧。

依旧怀念小时候家里那个装潢简陋、一壁半墙油烟如抽象名画的不到五平方米的厨房，外祖母和家里老用人把流离异地的各国口味来一个杂锦混音，因为厨房面积太小，要做家乡传统印度尼西亚沙爹肉串的时候，只能把泥红小炭炉搬到厅中的水磨石地板上，久而久之连地板也熏黑了，此乃全家馋嘴贪吃的骄傲证明。还有那一回把瓶装可口可乐放进冰箱冰格中，以为冰冻成冰棍有另外吃法，谁知道结冰后瓶内压力大变，一开瓶冲"口"而出直达天花板，那可乐的痕迹久久留在厨房天花板不退，成为亲戚朋友到我家参观的名胜景点。

因此当我每回到米兰，一次又一次走进BOFFI或者DADA那有如剧场的艺术装置的意大利厨具陈列室中，亲手抚摸着那光滑如镜的大理石流理桌面，拉开那些一尘不染的不锈钢橱柜抽屉，还有那些设计精巧的内置的烤箱蒸炉微波炉，我禁不住幻想这一切如何安放进我那不大不小的生活空间中，也许又要再大胆一点地一切再以厨房为中心，没有什么客厅书房储物室甚至卧房卫浴的分野间格，因为食而存在，要生要死离不开色香味，先学懂做饭烧菜才来谈做人道理，饱与不饱是日常沟通对话主题内容……这样的厨中生活未免简化，但我们不也是日思夜想要过这样的日子吗？其实说简单不简单，能够生活在这样的一个理想空间中需要练就一种特技，这是某一种纪律，某一种节制，某一种冲动，某一种放肆，某一种美学，某一种完成……

01. 太阳底下晒面条，摄于20世纪30年代意大利乡镇的老照片，是叫意大利面食（pasta）疯狂爱好者如我等珍而重之的文献
02. 宁可不要一个宽敞卫浴不要特大衣橱，我还是梦寐以求一个空间更开放、设备更齐全的厨房

03. 有如铁甲人的这一台机器，正是意大利20世纪20年代刚脱离家庭手工制面时期，进入工厂量产阶段的本土研制开发的制面机

04. 刀叉匙筷以至杯碗碟锅子炉具，一切厨中用具都得讲究，都是设计师的心血结晶

05. 新一代厨房组合将现代人生活精密浓缩，既是工作间又是储物室又是娱乐场……而且线条色彩间格造型都醒目亮丽，完全是家居生活焦点

06. 吃吧吃吧吃吧吃吧，情到浓时管他什么仪容礼貌

07. 用得上 kitchenology 这些厉害字眼，说实话也只有意大利厨具设备品牌 BOFFI 才敢才配，走进它们陈列室中梦幻似的厨房，真的赖死不肯走

08. 珍藏十数年前第一回到意大利买的第一本食谱 *Not Only Spaghetti!*。当然当然，爱吃的还有 penne、pappardelle、macaroni、ravioli、gnocchi、fusilli、tortellini……

延伸阅读

www.boffi.it

www.dadaweb.it

www.polifom.it

www.serafinozani.it

Carluccio, Antonio & Priscilla
Carluccios Complete Italian Food
London: Quadrille Publishing, 1997

Catterall, Claire
Food, Design and Culture
Glasgow: Lauvence King, 1999

Black, William
Al dente
London: Bantam Press, 2003

09. 又爱吃，又懒，又贪玩，又怕烦，我和我的手动制面机，只发生过一次关系。

10. 世上各大宗教都各自有厚厚的圣经，作为馋嘴贪吃一族，我们的圣经肯定就是那些图文印刷精美，光看也叫人淌口水的食谱。

因咖啡之名

来吧，找个地方喝咖啡去，他说。

嗯，我条件反射地一脸难色，又要装着很轻松，对不起，我不喝咖啡，闻闻咖啡的味道，我倒是蛮喜欢的——这还算有礼貌，没有拒他于千里之外吧。

记忆中，曾几何时我倒是喝过一阵子咖啡的。那是跟发现自己爱上吃苦瓜就以为终于长大成人的原理一样，摒弃小孩都爱的牛奶和汽水，更从喝奶茶转为喝苦苦的咖啡，逼自己闯进青春期，冒着长出一脸痘痘的险，初尝人生甘苦滋味。

当年当然不知有所谓浅尝辄止，早上也喝中午也喝睡前也喝，而且是很便宜的即冲即溶烂牌子。也不知为何要通宵达旦，不知为何弄出十二指肠溃疡，不知吃了什么特效药然后慢慢地病好了，也就不知就里地把一切账都算在咖啡身上，从此点滴不沾。——有一回放肆闯闯关，喝了半口已经心跳怦怦响，而且冒汗。从此更多了一个理由，远离咖啡。

不喝，还是可以闻闻香。那是像环境音乐一样叫周围马上有了气氛和感觉的一种属于咖啡的专利。你喝咖啡我就喝茶吧，还庆幸我们可以有权选择，还容许对方有一点享受的自由。

日子如此这般过去，不喝咖啡却没有妨碍我泡咖啡馆。那个年代香港还没有像样的独立咖啡文化，咖啡馆都依附着四五星级大酒店，其实也就是一个又吃又喝的综艺部门，他们家的咖啡好不好喝我当然不知道，但英式下午茶的高架银盘上的小点心诸如司空烘饼小黄瓜三明治，好吃与否我倒是蛮在意的。糊里糊涂地和一群比我年长三至五岁的文化前辈泡在那些咖啡馆，纯吃茶也培养出一种自以为是的文化理想与感性。后来有机会在咖啡馆早已开得成行成市的台北，好友带路从这一间混到那一间，更不用说在巴黎在伦敦在纽约甚至在东京，只能闻闻咖啡香的我尽情呼吸这些有丰厚咖啡文化历史的都会空气，或积极或懒惰地在咖啡馆里看与被看或者不看，都是短暂勾留在那些城市的日子里的肆意日常，尤其那是一个还没有星巴克的咖啡年代——

差点忘了意大利，怎能忘了那一小杯叫我心跳得厉害的早上八点的 Espresso，每年到米兰都住同一家小旅馆，十多年来掌柜都是那位精瘦的伯伯叫东尼。小旅馆有一个小吧台，每个早上的半自助式早餐就在那里解决。我嘴馋，早就买了一大堆从不同市场"搜集"回来的不同软硬的乳酪、酸奶、新鲜水果，有一回连鸡蛋也忍不住买了一打，风干火腿也切了一叠，早餐几乎是人家的午餐。东尼伯伯负责的是给我弄个热饮，第一回合我就是一口喝了那杯小小的又浓又黑的 Espresso，心跳不已的同时认得那个白色小咖啡杯上印着 ILLY 的红底反白小标志。ILLY 是什么？起初还不很清楚。

然后开始留意，走进城里每个角落大大小小咖啡馆，都会碰上 ILLY 这个名字——从弄咖啡的机器到袋装的各种烘焙口味咖啡豆咖啡粉，还有那个经典的白色小杯以及杯面年年定时限量换新图案的惊喜，ILLY 原来是一个有七十年历史的意大利家喻户晓的咖啡品牌。

第一代的弗朗切斯科·伊利（Francesco Illy）老先生赤手空拳打天下，1935 年就发明了第一部以蒸汽代替压缩空气的自动 Espresso 机器，同时还引进了有利保存咖啡品质的压力包装法。第二代的埃内斯托·伊利（Ernesto Illy）与太太安娜（Anna）在"二战"后正式接棒，致力设立各种生产研究部门，分别在咖啡豆的原产地巴西、中美洲、印度以及非洲都建立生产线，以教育和培训的合作计划去提高产品品质。及至第三代 Riccardo、Andrea 和 Anna 兄妹都学成加入家族经营，1999 年初更在那波里开设了咖啡大学，以独立经营运作的模式去推广意式咖啡文化，培养新一代的咖啡馆经营者和从业员。千禧年间更进一步，在 ILLY 总部所在地的里雅斯特（Trieste）设立了一个咖啡实验室 caffe illy，由以简约风格著称的建筑师 Claudio Silvestrin 设计了供实习式营业用的酷毙咖啡馆，让有志把咖啡当成不止一盘生意的热心人，可以设身处地一试身手。我手头买来的一本打算送给身边咖啡痴的千禧年版《全意最佳咖啡指南》（*Guida ai Migliroi Bar d'talia*），原来也是 ILLY 赞助的出版物。

常常想，单单只是为了搞好一盘合格像样的生意，很多人还是会得过且过敷衍了事，ILLY 这个家族经营的咖啡事业，都是承继了意大利企业传统中那种优秀品质，热切热情不在话下，更注重的是企业内任何可以跟文化艺术挂钩的可能性——在这爱美而且懂得美尊重美的国度，这绝不是矫揉造作的姿态，却是真正从心出发的一种对传统文化的承传抱负。

全力赞助 1997 年度的威尼斯艺术双年展，把年轻意大利艺术家推介到纽约 P.S.1 现代艺术中心做交流观摩，赞助伦敦中央圣马丁学院（Central St. Martin）的产品设计系学生设计不必拘泥现实的未来幻想型的 Espresso 咖啡机。连续二十年以上找来国际一级艺术创作人如导演费里尼、科波拉、大卫·林奇，艺术家如白南准、Robert Rauschenberg、Gibert and Geroge，时装设计师如 John Galliano、Alexander Macqueen 等等名人，去为小小的白瓷咖啡杯添上个人的图像色彩，成为咖啡痴收藏迷引颈以待的乐事。时值 ILLY 七十大寿，更找来十二年前设计这个经典白瓷杯的设计师 Matteo Thun，推出赤裸裸的 ILLY nude 版本，白瓷质料改为水晶，杯底更微微上凸有了放大镜的效果，晶莹通透，具体而微，ILLY 的红白商标也大胆地不必附印杯身了，因为信心满满地知道 ILLY 早已深入民心，早已是咖啡的代号。

不只在意大利本土，ILLY 在全球超过四万间咖啡馆和餐厅酒店都有连线，每天冲制超过五百万杯 Espresso，喝杯咖啡醒醒神，充满创意的一天就开始了。以咖啡之名，欣赏人家可以推陈出新痛快发挥，虽然我喝的是白开水，闻闻咖啡香，也很满足。

01. 不喝咖啡的我，贪心留一个纪念：ILLY 即用 Espresso 银光闪亮包装
02. 长期赞助各项国际艺术设计活动，2003 年威尼斯双年展 Dreams and Conflicts，会场处处也有 ILLY 的咖啡香
03. 意大利画家 Sandro Chia 的涂鸦人像，出现在 1993 年的 ILLY 纪念版咖啡杯上

04. 请来艺坛大姐大 Louise Bourgeis，2003 年的纪念版咖啡杯上是与日月星辰的温柔对答

05. 从 1992 年开始的 ILLY collection 计划，连续十一年的纪念版 ILLY 咖啡杯一览无遗，特刊封面纯白塑料浮凸出一种简单明白的魅力

06. 游走四方的艺坛老将 Robert Rauschenberg 把伦敦、东京、柏林、莫斯科的地图都拼贴到杯子盘子上，也就是说你在这些城市都可以一尝 ILLY 咖啡香

07. 把咖啡文化、家具设计和灯光装置艺术共冶一炉，艺展场中的 ILLY 摊位常常比真正的展品更抢风头

08. 中国水墨画家 An Du 的泼墨小品出现在 1995 年的纪念杯上
09. 电子装置先行者白南准也把纽约街头的流动色彩带到大家手里
10. 摄影师 Darryl Pottorf 的黑白影像也是 1999 年的一回震撼

延伸阅读

www.illy.com

www.nwlink.com/~donclark/java/world.html

www.gardfoods.com/coffee/coffee.coffee.htm

11. 鼓励学生新秀接力也是 ILLY 的远见，跟伦敦设计名校中央圣马丁学院在千禧年有一次成功的合作，杯子留白，只在盘子中心处出现一个好奇的凝视

12. 艺坛搞怪高手 Jeff Koons 这回不搞情色，倒是很卡通地来一趟童真颜色

咖啡或茶

当我在威尼斯建筑双年展偌大的海军旧军火库会场，半蹲半跪地低头在看这一组又一组当时得令的建筑师设计的咖啡或茶具系列之际，脑海里最直接的一个大问号是：这些茶壶咖啡壶究竟会不会一边斟一边漏？

日本建筑好拍档妹岛和世与西泽立卫设计的茶壶奶罐糖盅及杯子，矮矮圆圆的像大大小小将熟未熟的梨子。壶盖提起处正是果子连枝的小梗，有朝一日注满水，不知梨子是否会倒地成葫芦？英国建筑师 Will Alsop 设计的一组正正方方壶嘴朝天的看来比较可靠，放在水槽一般的盛器里，多少似调味架上组合得天衣无缝的油盐酱醋瓶。在英国威尔特郡（Wiltshire）的神秘石柱群周边设计了如数段弧形火车轨平行结合的游客中心的澳大利亚籍建筑师 Denton Corker Marshall，设计的茶壶有如圆锥形竹节一般，壶口及提柄都像插入身体的来自四面八方的乱箭。

英国建筑界大好人 David Chipperfield 真的很乖，和设计了塞纳河畔诗意得叫人感动的法国国家图书馆的法国建筑师 Dominique Perrault 分别都规规矩矩地交出了还真的很像咖啡壶和茶壶的设计。相对于美国建筑师 Greg Lynn 设计的像一颗超大花苞的，以及美国设计团队 Morphosis 像一艘变形太空飞船的设计，先前两位看来就显得保守老气了。同时是荷兰贝尔拉格建筑学院院长的荷兰建筑师 Wiel Aret，以在建筑作品中使用玻璃砖及 U 形玻璃著名的他，设计的咖啡壶就像一块长长窄窄的透明玻璃砖，既有弹性又隔热的透明聚氨脂外层把壶胆形象都充分显露，传统的壶把手和壶嘴都除去了，壶把手是现存壶身中段的凹凸处理，壶嘴只余一小孔出水，而且长方砖的大小都一样。也就是说，茶壶、咖啡壶、奶罐、糖盅都一反传统变成一样高矮大小，只是内胆的间隙大小有别，颇有天下大一统的意味。

至于如日中天的日籍建筑师阪茂，依然继续他对竹节的迷恋，设计的壶形当然也就像曲折对错的几段竹竿。刚为香港阿玛尼亚太旗舰店设计了楼高四层的新铺面的意大利建筑拍档 Massimiliano Fuksas 与 Doriana Mandrell，设计出有点像意大利千层面皮扭叠起来的一组作品。几乎忘了当中唯一一位中国代表，香港设计师老朋友张智强一组以潮州工夫茶和饮茶点心蒸笼为灵感发展出来的层层叠叠组合，配件中有我们熟悉的"国粹"宜兴紫砂物料……脸庞几乎贴着陈列柜玻璃这样一边看其实倒还是蛮愉快的，看到的是一群建筑师纸上天马行空的构思变成立体工模，有的还是石膏／木材的坯，有的已经制作打磨成金属初模，叫人多少感受到创作生产过程中那种粗糙原始的喜悦。

能够号召起建筑界众多响亮名字参与其事的，自然是更不简单的意大利家用品龙头大哥大 ALESSI。这个连一般消费者都熟悉的品牌，近二三十年来生产设计的项目从高档精品到中低价生活道具都有；从复刻早期德国包豪斯设计团队的经典银器茶壶，到 Guido Venturini 设计的色彩缤纷丰富的阳物状塑料火炉点火器 Firebird；从建筑偶像 Aldo Rossi 设计的 Momento 系列腕表、La Conica 咖啡壶，到 Philippe Starck 设计的金属蜘蛛座手动柠檬榨汁器……ALESSI 品牌在其第三代掌门人 Alberto Alessi 的创意经营下，招招领先。最为建筑设计行内津津乐道的，莫过于 1979 年 Alberto 与亦师亦友的意大利建筑师 Alessandro Mendini 共同构思的一个设计项目"Tea & Coffee Piazza"。

鉴于当时国际设计坛的意大利风有走下坡的危险，也正值后现代思潮正由建筑界酝酿兴起，两人灵机一动，邀请了当时风头一时无两的后现代旗手如 Charles Jencks、Robert Venturi、Michael Graves、Han Hollein 等十一名建筑师，替他们推出定量各九十九套的银器咖啡／茶具组合。由专业经验丰富的 ALESSI 厂内自家师傅精心铸造打磨，大师们的设计当然各有个人自家喜好的建筑语言风格，也不约而同地后现代，时空交错地用上了大量建筑史上的造型和细节，拼贴衍生出亦庄亦谐的当年风格。意大利建筑师从来都有参与设计家用品的传统，但这样大规模而且国际性的项目也算是头一遭。卖得天价的限量纪念版自然被收藏家们绝早罗致，一般民众也只能在博物馆的陈列柜中一睹其风采。

距离上一回 1983 年正式公开展出这一咖啡／茶具系列整整二十年，天变地变，主事两人却依然兴致勃勃地在年前决定将游戏再玩一次。上一回合的大师如今大多健在，早已德高望重地位昭然，而后起之辈也实在来势汹汹，这回邀约的都是四五十岁上下的新一代，活在超速变幻的新环境中，理所当然地交出新的功课。这回的设计邀请以"众塔之城"（City of Towers）为主题，叫一群平日为我们构思设计生活大空间的专业者，再多花脑筋想想我们的家居日常小习惯小动作。一个建筑师可以同时是个音乐家、摄影师以及诗人，当然也可以是个厨师，是位可以替我们冲一壶咖啡沏一壶茶的朋友。

那天跟张智强喝茶聊天，得知这一回的生产还是先以限量制作珍藏版为主，推出"竞标"的确切日子还未定。对这消息我确实有点纳闷不解，说到底这是 ALESSI 的商业动作，如何营运是人家的事，但毕竟整个消费社会对设计品的接受度和使用量都跟二十年前很不一样了。如果走的是能够推广普及的路线，应该也是可行的。又或者主事者还是更有高见，早已看得出这一批肆无忌惮的创意还是跟一般民众的实际功能需求有异，始终未能搭好一道畅通的桥。又或者简单地说，如我所虑，咖啡或茶，还是会一不小心从壶盖缝隙跑泻出来？

咖啡或茶，各有所好。自小一喝咖啡就会心跳加速的我，从来只有闻人家煮好的咖啡的份儿，这也实在叫我更珍惜喝到好茶的机会。就如最近在台北买到王德传茶庄的用别致的纱袋独立包装的桂花普洱，喝下去想到的是一个"滑"字。我没有什么资格品茶评茶，但喝得身心愉快的体验只有自己最清楚，也最享受。也就正如面前可以有创意十足身价奇高的建筑师设计器物，但也有十元八块一般民众买得起的货色，找一个能够不会弄得一桌尽湿的好壶，也许更合我心。

忽然想起有回参观过的陕西扶风法门寺地宫 1987 年出土的成套唐代宫廷大内茶器，据说是迄今出土最齐全的一组茶具，当中用金银精制的各式茶器辉煌夺目，什么焙灸时盛茶饼用的鎏金镂空鸿雁球路纹银笼子、贮茶用的鎏金双狮纹菱弧圈足银盒、调茶饮茶用的鎏金伎乐纹调达子，还有配方保密只给皇室专用的秘色

01. 英国建筑师 David Chipperfield 的茶壶设计原模，还算是众多获邀嘉宾中一个比较像茶壶的设计
02. 爱上了王德传的桂花普洱，入口既滑且香，加上叫人眼前一亮的优雅包装，当然身边一群爱喝茶的老友就有福了
03. 二十年前的经典，Aldo Rossi 的全套茶与咖啡组合，还有专用玻璃屋配套，珍贵至极

04. 巴黎塞纳河岸的法国国家图书馆那洋溢诗意的建筑概念叫人惊叹，建筑师 Dominique Perault 的茶壶系列亦同样叫人期待

05. 用纱布缝制的特式茶袋，也是开启王德传大红茶罐后的一个惊喜

06. 建筑理论家 Charles Jencks 一手策动后现代风潮，将古典建筑形样化身咖啡壶也成一绝，相对起来，另一位建筑大师 Richard Meier 的设计就乖得多了

07. 茶与咖啡以外也不妨来一口巧克力，充满艺术装饰（Art Deco）味道的 Van Houten Cacao 海报草图，是意大利插画家 Sepo 于 1926 年的设计作品

10. 日本建筑师阪茂继续发挥他对竹节的喜好，切割变形重组又成新造型
11. 香港建筑师张智强以点心蒸笼及宜兴茶壶为设计起点，搭建起中西茶文化的沟通桥梁
12. 当年大师如今都先后退休离席，二十年后上场的又是另一批新秀闯将

08. 意大利建筑界当红组合，近作有香港的 GIORGIO ARMANI 旗舰店。这一系列的茶具有如室内设计模型
09. 日本女建筑师妹岛和世端上来一盆梨，大大小小的梨状盛器是否装的都是水果茶？

13. 设计界的头条大事当然值得登上举足轻重的龙头设计杂志 DOMUS 的封面

瓷茶器、传自伊斯兰的玻璃茶盏茶托，都是精雕细琢，可远观不可亵玩。相对来说，来自民间的纯素法净的宋代抹茶碗茶托盏，或是明清近代的文人风的宜兴紫砂茶壶茶具，就更贴近生活日常。那年印度游荡，纵使谁跟谁千叮嘱万吩咐小心饮食，我还是乐意在街头喝一杯又一杯街童用铁线编成的篮子一承六玻璃小杯的奶茶，那种来自街头的庶民的能量惊人，咖啡闻香茶好喝，我早做了选择。

茶有语，器有法，茶圣陆羽在《茶经》中提出四条制作茶具的章法："因材因地制宜"为一；"持久耐用"为二；"益于茶味，不泄茶香，力求隽永"为三；"雅而不丽，宜俭"为四。今时今日翻开老祖宗的典籍心得，"啜过始知真味永"。咖啡或茶，想必皆如是。

延伸阅读

www.booksatoz.com/witsend/tea/index.htm

www.harney.com/teap.html

Suet, Bruno & Pasqualini, Dominique T.
The Time of Tea
Paris: Vilo International, 2000

Alessi, Alberto
The Dream Factory, Alessi since 1921
Milan: Electa, 2001

Domus, issue 851
September 2001

Heller, Steven and Fill Louise
Italian Art Deco, graphic design between the wars
San Francisco: Chronicle Books, 1993

宋伯胤著
品味清香：茶具
上海文艺出版社，**2002**

跟他回家

　　意念常常在半夜到访，他说，在半夜的梦里，一个花瓶终于成形，人物间的结构关系逐渐清晰，一张建筑蓝图，一些句子段落，一件家具都开始酝酿成熟。明天工作的所有材料都准备好了，夜未央，他还是好好地躺在睡床上做着最有创意的梦。

　　不晓得那铺宽敞的床是否还是铺着他自家设计的重彩 Estate 纹样的被盖，棕色橡木床靠背两侧的小书架是否还堆满他睡前翻看的书本资料，玻璃床头灯该还是他钟情的修长的榄核型，唤作 Pirellina 的小灯，造型与他在 1956 年设计建成的最为人称道的米兰 PIRELLI 高楼一样。床背壁上的巨幅油画，该是他一家五口的肖像——我没那么幸运可以登堂入室，到这位意大利建筑设计祖帅爷吉奥·庞蒂（Gio Ponti）的私宅去拜访。我手上拿着的是他众多传记中的一本，翻开当中有摄于 70 年代后期他去世前不久的一组家居黑白照片。1979 年 10 月 16 日，他在家里在睡梦中以八十八岁高龄安详辞世。

　　米兰城中心 Duomo 教堂是永远的喧闹焦点，靠西南方向走去，Via Dezza 大街是 Gio Ponti 晚年家居私宅所在。楼高十层的公寓是他在 1957 年设计建筑修盖成的，顶楼一层是他晚年定居之处，超过三百平方米的极其开阔的室内，一面是连接阳台的玻璃门窗，其余的格间除了几堵主力墙外，大多是可以全面开合的折门或是方便拆改的板隔和屏风。"我要一个自由开放的室内间格"，Ponti 不止一次地说，随意更替装置，独处或者联结，一切都在变阵重组的过程中。他的画室、工作（实验！）室、书房、卧房、厨房、卫浴……都有一种处于运动中的能量。

　　我站在 Via Dezza 大街上，隔着马路抬头仰望这幢外壁长得跟别的公寓都不一样的房子。格外多的玻璃门玻璃窗，让里外都可以多一点"透明"，晚上远看家家灯亮，更多了平面图案的趣味。其实 Ponti 作为一个建筑大师以外，更为人熟悉的是他早从二三十年代开始，就替陶瓷厂玻璃厂设计了大量的陶瓷摆件、玻璃器皿，以至后来的彩色缤纷图案利落鲜明的陶瓷地板壁饰，金属切割的雕塑摆件，游走于平面与立体之间，从精描细绘的新古典式样到抽象拼贴的现代风格，一路走来，创意从未枯竭。从那组珍贵的家居照片档案我们细心对照，这边靠墙储物层架上是早于 1925 年为 RICHARD GINODI 陶瓷厂设计的艺术装饰风格的挂壁，旁边却又是晚年为 SABATTINI 设计的银器雕座，简洁的剪影条条有若童稚习作，他的轻巧的经典单椅 Superleggera 三张一列排开，厚重的扶手躺椅 Distex 有如老太爷一般稳坐一旁，墙上的金属壁灯是铜片方块与小钢枝的摩登结构造型，酷得厉害。

我们习惯地把这些多才多艺的创作人设计家建筑师称作"文艺复兴人"（"Renaissance man"），就像意大利文艺复兴时代的几位艺术巨匠一般上天下地无所不能，更何况 Ponti 先生是百分百的意大利国宝，尊称当之无愧。更难得的是，早于 1928 年 Gio Ponti 在米兰创办了 DOMUS 杂志，一本至今仍是建筑设计艺术行内居领导地位的星级评论杂志。Ponti 作为早期的责任编辑和写作人，引领起无数建筑设计的风潮评介辩论。40 年代他又另行创办 STILE 杂志，亦策展米兰设计三年展（Triennales di Milano）会场的多项建筑设计展览，从自家的设计创作实践到学术理论探讨，Ponti 都身体力行，贡献良多。

承先启后继往开来，不以景色取胜的米兰能够成为一个设计人才荟萃的重镇福地，实在有它的历史因缘。伦巴底省份从来商贾云集，有说更是资本主义经济模式的滥觞。不用翻看大堆商业历史文献，路过游人就走一趟我经常游荡的米兰市立公墓，那些奢华的墓园都是富商后人为先辈修建的天堂，那些比博物馆里的雕像还要精美夸张的气派十足的天使群，热闹不下于市内任何一场时装秀设计展。有了稳固有效的商业机制，对设计生产的正面赞助支援也是明显实在的。

久居米兰的朋友常常开玩笑说，在地下铁里任何一个车厢随便开口评论当季的什么潮流设计，都会有一个或一个以上的建筑师设计师开腔应答。他们无论现在从事哪一个范畴的设计工作，传统上还是接受过建筑训练，尤其是在米兰的理工学院建筑系，那也就是 Gio Ponti 和众多意大利设计大师的母校，声名显赫的学长有如米兰设计界的守护神，后辈亦自然奋发图强力争上游。

长时间作为"二战"后意大利设计的代言人，Gio Ponti 的家具和家用品设计早已远销世界各地，他的建筑专案也在 20 世纪 50 年代后广布北欧、中东、南美以至亚洲地区。瑞典的意大利文化中心、伊朗德黑兰的度假别墅、巴基斯坦的酒店、巴西的教堂……就连小时候假日里最爱跟父母闲逛的我,也早就在 Gio Ponti 建筑设计的位于九龙尖沙咀半岛酒店附近、弥敦道上繁华地段的瑞兴百货公司里面撒过娇要买这买那。

才那么五六岁的当年的我究竟有没有分辨得出这百货公司的装潢设计跟别的有什么不一样?记忆中从外墙的图案格局开始,那是一种慑人的贵气。许多年之后才知道这就是大师的高峰期的得意杰作,大楼后来几度易手,却总是有点意大利"血统",包括有变身成当年时装龙头 JOYCE 的九龙旗舰店,以至今天的 BENETTON 专门店,一脉相承还是余音飘荡。

如果要像德国导演温德斯在东京寻常巷里寻找小津安二郎的日本一般,在米兰城内拿着地图翻着资料寻找 Ponti 也不是太困难的事。毕竟 Ponti 留给米兰影响意大利的各类大小设计建筑创作实在成百上千,而且一切设计归根究底都与家居与生活紧密关联。2003 年米兰家具展同期就在设计三年展展场安排有已经巡回多国的 Gio Ponti 大型回顾展,终于回到家里让大家把他的一生丰富杰作实物资料好好端详。

即使你是第一回到他的"家",步出米兰火车总站,右侧天际耸立的马上就是 Ponti 建筑作品中最负盛名的 PIRELLI 高楼。如今成为伦巴底地区政府总部的 PIRELLI 高楼,

01. Ponti 的设计兴趣遍及生活各个细节,1955 年为 SABATTINI 公司设计的银餐具,一叉一匙也有其投注进去的创意

02. 从来就是风格化设计实验的勇者 1939 年为罗马 FERRANIA 公司办公室设计的镶嵌家具以及 1953 年为 CASSINA 设计的扶手椅,都是典型的 Ponti 签名作

03. 前辈大师给后进指点方向，承先启后，Gio Ponti 绝对是 20 世纪的全方位文艺复兴人

04. 走在米兰城中，不妨编出一条寻找大师设计的路，从地标建筑物到家具到生活细物，都有迹可循有根有据

05. 大师作品中最为人乐道的是 1956 年设计、CASSINA 出品的 Superleggera，至今仍在生产，仍是经典热卖

06. Gio Ponti 与好友 Piero Fornasett 合作的有如微型建筑的储物柜，简化了传统格局结构又配上精细古典建筑绘图，一头拥抱历史，一头超现实

07. 从 1941 年到 1947 年，Ponti 是设计杂志 STILE 的主编，更时常自绘封面

08. Ponti 的建筑处女作，早在 1926 年设计的位于巴黎市郊的度假别墅

09. 始终保持手工传统的灵敏细致，Ponti 早年的陶瓷作品是博物馆和收藏家搜罗的目标

10. 浓厚艺术装饰制作风格的早期彩瓷作品，可一睹大师设计理念思路的来龙去脉

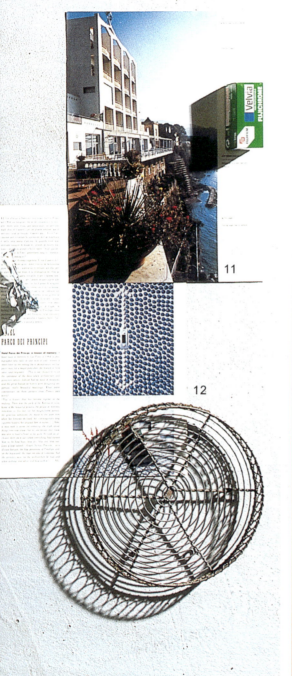

2002年4月底被小型飞机误撞以至高层毁损,之后全幢大厦的外墙进行维修,绿色绳网团团围住怪怪的。仰望之际忽然想起 Ponti 在 1958 年曾经设计过伊拉克首都巴格达的政府总部大楼,如今一场无情不义战火,大师心血杰作仍在否?

延伸阅读

www.domusweb.it
www.domusacademy.it
www.triennale.it
www.gioponti.com

Irace, Fulvio
Gio, Ponti
Milano: Cosmit, 1996

Levy, Monica and Peretta, Roberto
A Key to Milan
Milano: Hoepli, 1996

11. 除了米兰火车站外矗立的极负盛名的 PIRELLI 商厦,Ponti 在海边小镇索伦托(Sorrento)也设计有小巧的酒店 Hotel Parco del Principi

12. 酒店内从家具到灯饰到餐饮用具到地砖墙饰,无一不出自 Ponti 的设计,留宿一宵大可当身处 Ponti 纪念博物馆

世界再造

捧着FORNASETTI的一套沉沉的五只挂墙装饰瓷碟从连卡佛百货店走出来,离开舒适自在的冷气间,迎脸轰轰而来的是三十五摄氏度加上空调倒流排出的热气,有如巨拳击来再把我捏入掌中,顷刻一身黏黏糊糊的,又油又汗很烦很恼。面前马路上刚巧驶过双层巴士,公益广告大刺刺印在车身,一团云加上一个拳头,上书"香港再造"——Hong Kong Bounce Back——大热天时还要跳来跳去,也真够热够累的。

一个城市如何能够在经历了种种天灾人祸外围内围的打击挫败之后反弹再造,的确是要流汗甚至流血的。前因若要探索,多少负责领导人不只要"汗"颜,更应该以头撞墙以谢天下,至于空喊两句口号再造再造,或者敲敲锣鼓舞舞狮放放焰火冲冲喜,后果更是恐怖。——也许此刻外头实在太热,不要跟我在这样的环境里讨论叫人更加心烦气躁的问题。

我还是捧着那沉沉的FORNASETTI,该乘什么车该往哪里走,一时糊涂。

FORNASETTI不是买给自己的,虽然改天如果收到这份大礼也会衷心高兴。这套经典的黑白线描印金背景的女人头像瓷碟放在那陈列架上好些日子了,从开季进货到五折大减价,好像动也没动过,碟上印的那对眼睛眨也不眨。常常问自己,究竟有多少人还认识这位分别在20世纪50年代以及20世纪80年代末叱咤风云的意大利设计奇才皮耶罗·佛纳塞迪(Piero Fornasetti)呢?在简约主义蔚然成风更演变成一种促销口号的今天,FORNASETTI繁复堆叠的神话的历史的人物建筑花草树木图案,究竟还可以怎样跟新一代的即食消费族群接触?那个其实依然有活力有创意的FORNASETTI的繁花似锦的世界好像被裁判成古老过时了,大家急急忙忙翻身再造，更希望可以轻便简单地，透明亮丽地，不用怎样动脑流汗地，再造出一个"无"的境界。无，一个折中犬儒的理解，实在就是什么也没有。

我手上这一套FORNASETTI，是买来放在人家的样品屋示范单位里的。刚接了一个负责装饰摆设的案子，上千平方英尺的客厅本来空荡荡，除了这个那个牌子的沙发桌椅要这样摆那样放之外，还需要处理餐桌上的好像开饭前的餐具配搭，也得照顾墙边矮柜上该放什么常绿盆栽。当然一列组合柜层架上用以突显屋主人（是谁？）的品味陈设，也得像配药般替人家安排好。

工作就是工作，我还是很认真尽责很专业地把桩桩件件在极短时间内调配安排好，根据客户指示要求从无到有，用具体实物建构面前这一个"虚拟"主角的舒适干净大方得体的家。在合情合理的范围内，少许私心地放进其实是十分个人的喜好——比如FORNASETTI。

竟然很清楚地记得跟FORNASETTI初邂逅，是在念大学时候自家设计系的小小资料室的一堆旧杂志堆里，几页访谈是Piero老先生在1988年离世之前的最后一次受访，在他生活了五十三年的米兰市中心的一栋旧宅内。既是作品陈列室也是工作室也是私宅的空间里满满堆叠的是他多年的作品——从桌椅到杯盆碗碟到书柜屏风到真丝礼服背心到雨伞及雨伞座，更厉害的是上面叫人过目不忘的图案——FORNASETTI的注册纹样。——他爱用的太阳脸、扑克牌、18世纪仕女头像、古典建筑结构、先哲古人石膏头像，多是黑白铜版刻印的手法，或配以典雅的淡彩，某些特别版更套上金。图像不断重复衍生变化出现在各种不同物件上，平面经历因而"立体"，老先生就这样娓娓道出他几十年来如何一手一脚建立起自己独特的个人风格，如何受文艺复兴大师乔托、Piero della Francesca等人对比例、结构和细节的重视讲究的影响，如何与意大利当代的玄学派（metaphysical）画家老友如Sironi、de Chirico、作家如Leo Longanesi交流切磋，通过平面装饰加工让日常家用设计品也充满超现实想象。Piero老先生还在访谈中特别提到比他年长二十岁的意大利建筑设计大师Gio Ponti，大师晚年与他亦师亦友，合作无间，很多Gio Ponti设计的椅子和家具都交由FORNASETTI精心加以装饰——椅子变成太阳神，书桌变成教堂建筑模型，开的是超现实的视觉玩笑，也叫作品的个人风格更加跳脱独特。

我们较容易在坊间接触到的叫人印象最深的FORNASETTI作品，是他多达五百个图案变化的挂墙瓷碟。当中有他从19世纪早期杂志上找到的铜版画线条的女子头像，且有名有姓叫Lina Cavalieri。也有他极喜爱用上的手掌意象，大手小手几乎连掌纹也看得一清二楚——也许

Piero 老先生深谙此道，早就得知命运在我手的道理：掌中条条刻线只是一种启示一种引领，具体的执行和经验还是要靠个人后天的努力。

从 20 世纪 30 年代开始收集和整理一切叫他感兴趣的图案资料，经历战火动乱社会经济低迷，然后终于在经济复苏起飞的时候，开始自己的设计事业。用尽各种新的旧的可行的手法和物料，把日常生活器物一一加签上自己的名字，Piero Fornasetti 构建的是一个美好的个人的有想象力的大世界，是创作是设计也是一盘生意。

如果一个都市要重生再造，绝对不是在全球各地报纸杂志卖卖咧嘴笑脸广告说我回来了我怎样行就会大功告成的。给予城中的每个人最大的自由弹性，让他们都有空间开放地去再造自己的世界，当每人都在独一无二的世界中成就了自己肯定了自己，这个氛围里潜藏存在的能量早就足以让这个社会再造再造再造——

恐怕 Piero 老先生在世当年还未有"创意产业"这个词儿，可是他身体力行的确是成就了"二战"后"意大利再造"的一页辉煌历史。此时手里捧着的一大盒是可以买得到的一些经典段落，说到历史，果然是有点沉，重。

01. 青壮年时期的 Piero Fornasetti，上天下地后顾前瞻，游走于历史、神话、现实、未来之间，创意无限，成就自己

02. 全方位文艺复兴人，一手包办插图、拼贴、家具、陶瓷、布料等设计，还要记得，那是个没有电脑助阵的时代

03. 自成大世界，肆意地把自己的喜爱，具体落实到生活器物的设计当中，何乐而不为

04. 超过三百件设计成品，都是以女子 Lina Cavalieri 为缪斯，发展出的超现实意象叫人惊喜不已

05. 从碗碟到头巾到屏风到茶壶，想得出做得到

06. 以古典人物头像铜版画、拼贴做图案的雨伞架，FORNASETTI 个人风格过人，同时又是一种欧洲传统风格的新诠释

07. Piero Fornasetti 位于米兰市中的私家大宅，好事者大可仔细追踪他的生活喜好

08. 从来都坚定不移地把装饰艺术与生活实用结合，空中飞人图案屏风是收藏家的竞标最爱

09. 老先生离世之后，儿子 Barnabas 继承家族事业，将多年经典作品整理举办回顾展，又安排适量复刻再生产

延伸阅读

www.fornasetti.com

www.gioponti.com

www.artchive.com/artchive/D/
de_chiricobio.html

www.mcs.csuhayward.edu/
~malek/Chirico.html

www.historicopera.com/
focus_on_cavalieri.htm

www.tallulahs.com/
reutlinger10.htm

Raimondi, Giuseppe
**Italian Living Design
Three Decades of
Interior Decoration 1960-1990**
New York:Rizzoli,1990

Mauries, Patrickr
Fornasetti: Design of Dreams
London: Thames and Hudson Ltd., 1991

意大利声音

静物无声

一别，竟然是十年。

嗨，该认得我吧，当我正试图挥抹去衣服上历时十五分钟的骤雨，一身湿淋淋气咻咻地登上四层楼站在她门前，Nathalie，十年前，我到过你的工作室——

当然记得，她平静地一笑，叫人毫不怀疑她的记忆力。那一趟，你还带来一本厚厚的杂志，里面有你的文字你的漫画……

然后进屋，然后迎来的有她的多年伴侣——早已在米兰落地生根的英国设计师George Sowden，前辈级的行内翘楚。他是20世纪80年代初沸沸扬扬的后现代设计风潮中，意大利国宝级设计大帅Ettore Sottsass领导的孟菲斯（MEMPHIS）设计团队的一员要将。当然George身边还有当年的小女友，来自法国的纳塔莉·迪·帕基耶（Nathalie du Pasquier）。

来自葡萄酒乡波尔多的Nathalie闯入设计界完全是一个偶然。中学毕业后，她花了三年时间把世界绕了一圈，最后一站是永远厉害的罗马，辗转北上又路经米兰，碰上George，从此就有了再不一样的生活和故事。

孟菲斯团队领导人Sottsass是个前卫激进的老顽童，高举玩笑戏谑娱乐俗艳的后现代大旗，以设计来反讽丰裕时代的多金平庸。旗下的猛将来自五湖四海各家各派：Massimo Iosa Ghini是科幻漫画迷，设计的桌椅都像未来建筑；Matteo Thun的能量十足的搞怪立体；日裔梅田正德的东西碰击汇合；George Sowden的高度理性开小差；而身为George助手的Nathalie，打从开始都是安安静静在工作室的某个角落，为团队准备设计纹样图案（她自己的说法是花布女工）——还记得那些经典的孟菲斯团队风格的色彩对比大胆强烈的几何图形结构吧，分别出现在家具布料、塑料装饰板、瓷砖、着色拼贴地板，甚至是床上枕被用品、幼儿衣物、时装配饰等设计产品中。Nathalie 在无数的热烈的赞赏声中，却很快选择了一个抽离的动作，抽身而退离开国际设计舞台。因此，我认识的 Nathalie，是画家 Nathalie。

"我真的不需要再多一个茶壶多一把椅子。"Nathalie 淡然而认真地说。在这个别后十年的大雨滂沱的午后，在她的楼高近七米的方方正正的画室里，依着一列排开的落地玻璃窗，我们喝着刚泡的花茶。

我们真的已经拥有太多，一切都过量了。这也许就是她为什么在潮流漩涡中毅然抽退，不愿自己的设计品大量重复生产，回到她从前那修道院改装的顶楼小画室里，默默重新开始，一笔一画，专心，唯一。

一张画就是一张画，她这样说，更叫我明白。从创作开始到结束，无论是三天半月还是一年，关系直接简单，绘画的人绘画的心情状态，都寄托载附于这一方领地当中。有心人看到，马上跟创作者分享到那私密的感情。Nathalie 有自知之明，她知道她的满足来自于这种纯朴的个别的分享。

我固然在种种资料不同来源中得知这位漂亮的法国女子的出生日期出生地，她的阅历她的成绩，甚至她的浪漫情史，但更能叫我感觉亲近的，是直接进入她的绘画世界，一个安静的、隐约有一点起伏市声在远方背景的世界。容许自己再进去一点，胸臆充满一种舒服的由衷欢喜感觉，我甚至怀疑这也就是我亲手绘画的世界，我有点不好意思地告诉她，我们同时活在同一个想象的现实的世界里——

远方的海边，港口里停泊着远洋轮船，岸边有石头花园，图中有中国盆景一样的树。馒头一样的假山旁边有方正笨拙的平房和透视奇特的石椅，忽然跑来一匹花灰白马，喘着气。抬头看空中有剪纸一样的白鸽飞过，白鸽的眼睛今天不是红的，红的是餐桌上白瓷杯里的葡萄红酒。半截法国面包看来有点硬了，打开咖啡颜色的柜子，里面放的是贝壳与浮石、芥黄的音乐盒，以及淡蓝色的五只陶瓷杯子。口渴了吗？

这是 1992 年的 Nathalie 的绘画世界，如梦而不幻，贴心亲近是因为里面都有真实的生活。童话的神话传说的感觉隐然在身后，女佣出场就是要趁主人回来之前就把厅堂打扫干净，时间差不多了，变个身其实自己就是女主人。

十年前那堆塞着画架和画具，充满着松节油和油画颜料气味的小小工作间叫我印象如此深刻。她拿出一批涂满白色颜料的画作给我看,是那年冬天大雪后为本来已画好的画再盖上的白,重重叠叠直至本体几乎不见。添加和掩盖的过程中我们积累,我记得我这样对她说。

然后十年过去,当中断断续续在香港看过她的展出的新作,但往往缘悭一面。即使我每年都会到米兰十天八天,但那种拥挤热闹忙乱的展览场合也不会有她的出现,没有去找她是因为不想打扰本来就安静的她,知道她活得好好的,就好了。

然后她就出现在面前了,竟然比记忆中十年前的她年轻?!不可能是可能的,是气色的淡定,是心境的年轻。看清楚了,画得也更明白:一幅又一幅新作是静物,是身边的玻璃水杯、订书机、草篮、皮鞋、剪刀、油画刀、绳子、塑料胶水瓶、钥匙……从齐齐整整的一件一件的排列,到物件前后交叠,玻璃光影交折投射的都有。静物有情,诉说的是更细致亲密的故事。Nathalie一路自然走过来,走近这个静物描绘的大传统。我笑说这是她的"古典"时期了,她也笑而不语。而熟悉她跟随她的都知道,面前呈现的这一切静物,就是她的生活的浓缩;如何安排?如何协调?如何取舍?用什么观点?用什么透视?用什么媒体?……平凡实在地去面对去处理自己的生活,沉得住气,与静物无声对话,有若一种修炼。

什么时候会再来? Nathalie 打着伞送我

01. 十年前初结识,探访前收到的一纸地址传真竟也还在
02. 会飞的鱼,孤独的花,拥吻的男女,无处不在的天眼……Nathalie 的早年作品已经用静物叙事,而且都是自成一世界的私密传说

03. 一直留在身边的一本 Nathalie 的早期展览场刊。不知不觉，上好的纸也变黄变霉，点点斑驳……

04. Nathalie 的多年伴侣 George Sowden，是国际设计界中的显赫名字

05. Nathalie 于孟菲斯团队时期的设计作品，相对来说趋向平面化和装饰性

06. 不认不认还须认，含蓄害羞的 Nathalie 着实是美人坯子

07. 风格不绝衍生蜕变，Nathalie 近年的静物风景已经进入另一升华阶段

08. 身边生活小道具，是永远的创作灵感所在

09. 杯盘碗碟整齐排列，给生活一个规矩秩序

10. Nathalie 的早期作品，人与物的冷静叫我想起爱德华·霍普（Edward Hopper）

出门的时候问。我就是你画中的那一个盛着半杯水的玻璃杯,我跟她说。

延伸阅读

McQuiston, Liz
Women in Design
New York: Rizzoli, 1988

Le Cadre Gallery
Ruttonjee House G/F, 11 Duddell Street,
Central, Hong Kong
Lecardre@netvigator.com

Studio Sowden
Corso di Porta Nurva, 46-20121 Milano
milan@sowdendesign.com

Radice, Barbara
Memphis
New York: Rizzoli, 1984

11. 1992 年在香港 Le Cadre Gallery,Nathalie 的展览叫作"Lost and Found"。得与失之间,匆忙与闲逸之间,神话故事与现实生活之间,创作与观赏之间……
12. 送一双绣花拖鞋给她,什么时候会成为她作品中的意象?

老师不哑

究竟是谁把那面前分量十足、各自厚厚成百上千页的辞海、辞源、汉英、英汉、汉法、意汉等等大字典毕恭毕敬地称作哑老师？那肯定是还未有电脑发声配音快译通的年代。

我从来翻字典都是特慢特笨，终于找到了要找的词儿字儿，停在那里竟然又游花园，各条目之下的相关不相关，各名词动词形容词之间的长短加减暧昧变化，隐隐约约背后都有故事，一头栽进去，本来着急赶忙要知道个什么解释的，又再满足不了新的好奇，连环套似的，每个转弯抹角都有新发现。

把字典当作老师，却没有把老师视作权威。碰上我们这类心高气傲的学生，老师们也怪可怜的。无论多开放多包容的一个教育体制，也总有这样那样的规矩。当年我们的设计系已经是整个学院里最离谱最触目最为所欲为的了，但我们还是有这样那样的反建制小动作，身为过来人的中外老师们常常也哭笑不得，干脆就放手让我们继续乱来，不过要整治我们这群其实还算上进好学的也有必杀技，只要找个机会把我们"关"进系里的资料室或者大图书馆里的阅读室，我们都不得不乖起来——因为那里有将启未启的不同的门和窗，面向不止一个新奇有趣的世界，茫茫的知识大海中有幸碰上厉害的灵媒，灵媒自然也就是尊敬的老师。先不要说那些分门别类的参考书，就是那排列整齐装订成砖头一样的杂志期刊，在那里我邂逅上意大利建筑设计杂志兄妹三人组——*DOMUS*、*ABITARE* 和 *CASA VOGUE*，仰慕崇拜日久生情，把他和她奉为指路提点启示的好老师。某种意义上的单恋其实也是很有效的，因为它至少凝聚和证实了你的疯狂能量和澎湃热情。

回想一直以来跟杂志纠缠互动，在读者、作者、编者几个身份间快乐地交错游走,大抵也是因为早年在这些资料库档案柜间跟这三兄妹偷欢得爽快极了,开了眼界壮了胆色,知道"杂志"这两个字这一个词的广阔的包含意义——能够"杂",就是可以兼收并蓄地荟萃最流行的最经典的最严肃最具思考性的最轻巧最有趣味的设计生活中的人物事件;作为"志",就是能够图文并茂地、创意十足地把这本就是混乱的一切,编辑整理呈现出既有原则态度又保持开放包容的版面记录。"誌"通"志",想起"在心为志"四个字,杂志好看就是看得出用心,哪一本心神专注哪一本心神恍惚,作为读者的心领神会,都知道。

作为意大利建筑设计杂志的常春经典,龙头大哥大 DOMUS 拥有绝对领导地位。不满足只能在图书馆翻阅那一整柜几十年的精装合订本,学生时代已经决定很豪奢地拥有,要订阅起单价有点贵的每期新刊。十多年前直接在香港订阅 DOMUS 的人实在很少,更何况是未踏入专业的设计学生一个。找到一间专门代理进口杂志的书店,那位处理订阅的老先生还仔细地从头到脚打量我,有点"你看 DOMUS?"的怀疑。十多年来我还是每个月很准时地到这店里领取那一本越来越有分量的 DOMUS(以及那一直累积订阅的每月近二十本各类杂志),老远从尖沙咀把这一叠沉重得厉害的杂志搬回办公室或者家里,身边人一直在问为什么不挑一间邻近方便的书店随手散买就好了?这是一种感情一段关系,我只能这样解释。

1928 年由吉奥·庞蒂(Gio Ponti)这位意大利国宝级建筑设计巨匠创立的 DOMUS 杂志,经历了大半个世纪的历史的经济的社会文化的巨变,停刊复刊编辑班底更替,还是不断推陈出新地以凌厉面目出现。有点吃力地在资料室里把近三十年的 DOMUS 仔细翻阅,读不完的是当代意大利以至全球的设计史生活史。每一个举足轻重的设计大师的历年创作经验都有在这里报道过研究分析评论过,眼前一亮之后鼓励你消化吸收。DOMUS 的编采人员长期在 Gio Ponti 的领导下已经培养出一种精练准确的文风,对图文的选取处理也当然挑剔严格。Ponti 辞世后的好几任编辑,包括建筑师 Alessandro Mendini、Mario Bellini、Magnago Lampugnani 以及现任的来自英国的著名建筑设计策展人评论人 Deyan Sudjic,都是各有独特主见,也不怕行内外争议讨论的一级强人,极有抱负地承先启后,却又不至于刻板说教以权威自夸自炫,这是 DOMUS 魅力所在强势之处。

有了 DOMUS 这位大哥,二哥 ABITARE 就显得活泼贪玩放肆得多了。其实二哥年纪也不小,2003 年 12 月是 ABITARE 出刊的第四百三十五期。同样驻守米兰,ABITARE 同样以报道世界建筑设计潮流的最近动态为内容目标。有别于 DOMUS 大哥针对建筑设计专业人士为读者对象，ABITARE 志在做一本登堂入室却仍然高档的"大众"刊物。长久生活在一个尊重历史文化艺术的社会生活环境中，意大利平民百姓对家居对设计的关注和仔细要求也绝对有条件支持有如 ABITARE 如此定位的杂志。其更见精简爽快的文字，更丰富多元的图片选择，加上活泼的版面设计和漫画插图处理，都叫这位二哥有一个精神饱满活力十足的表现。如果 DOMUS 是稍稍皱着眉的思考智慧型后中年，ABITARE 就是一个一脸阳光笑容的青壮年。

两位男的各有对象各领风骚，CASA VOGUE 这位出落神秘的小妹就更迷人了。隶属 CONDE NAST 集团 VOGUE 杂志下面的这本家居期刊，早年独立刊行，90 年代初一度停刊，近年不定期地依附意大利版 VOGUE 随书赠阅。叫已经好几英寸厚的意大利版 VOUGE 包裹起来更像砖头，鸡与蛋一并上场，为了蛋也该买鸡吧。

薄薄不足二百页的 CASA VOGUE，无论是之前"卖钱"还是现在"赠阅"，都是一贯泼辣野蛮，我行我素地走偏锋，不以讨好大家的流行为依归，挑选的题材不是"一般人"的家居，既怀旧好古沉醉回忆，又跳脱未来做叛逆的梦。你说她是个女的，其实她又妩媚得很中性粗暴得很男生，每期都有意外惊喜叫你再一次不理解意大利人的多元思维逻辑，全书不顾一切的意大利文叙事，版面设计无成规打乱章，刊末附几页密密麻麻的英译，爱看就看，管你。

01. 单看不同时期的 DOMUS 封面也能推算杂志的编辑方向态度，千禧年前 1999 年 12 月号的斑斓，是对 20 世纪设计艺术一次热情回顾

02. 设计圈子的大事小事第一时间精准报道，2003 年 1 月号，ABITARE 就筹划了 Achille Castigilioni 的怀念专号，向高龄辞世的一代设计大师致上深深的敬意

03. 作为时尚潮流杂志 VOGUE 的增刊别册，CASA VOGUE 随心随意就像时而高贵靓丽时而调皮捣蛋的好妹妹

04. DOMUS 封面经常都是震撼力强的海报作品，1994 年 4 月号封面跟现代家具大师伊姆斯夫妇档（Ray & Charles Eames）开个小玩笑

05. 米兰家具展会场设有 DOMUS 专柜，小巧明信片一套十张都是历年封面，是珍藏至爱

06. ABITARE 出版物中，有将杂志中精彩家居或商业空间独立编辑成专书的 CAS 半年刊

07. 迈过了整整七十五个年头的 *DOMUS*，创刊号封面是四平八稳的典雅设计

08. 作为好动活泼的二弟，*ABITARE* 的封面经常采用漫画插画家的出色作品

09. *CASA VOGUE* 的封面设计利落干净，数年下来都风格统一，看得出美编的驾驭功力

老师不哑，老师有太多话要说，中英意夹杂的，图文声色兼备的，就看学生如何肯定自己相信自己是有慧根的，如何主动靠近这三位一体的老师，得到一点什么刺激启发，又或者亲密一点，分享一点体温。

延伸阅读

www.abitare.it
www.domusweb.it
www.domusacademy.com

10. 翻开内页，CASA VOGUE 的版面安排却又常常是肆意小放纵

拉丁老情人

如果要用钱买一点什么——

买一些记忆,买一种能量,甚至买回一个年代,也并非没有可能。

要买?先存点钱吧,常常这样告诉自己,又或者用另一个阿Q的方法,用人家的钱替人家买,至少可以跟被购物有一个近距离的接触,一种聊胜于无的满足。

因此在替他装修新房子的时候,建议他在那个偌大的全白的客厅中沙发旁安放一盏Arco地灯,意大利设计师Castiglioni兄弟组合在1962年设计的令人过目不忘的经典。一端大理石底座伸出钢管再延伸成弧,连接一个利落干净打磨光亮的不锈钢灯罩,大胆新鲜,流畅爽快。那个时候我们还刚呱呱坠地,人家正处创作高峰期,也总算是同一个时代的"产品"吧!

同样在替她翻修老家的时候,也怂恿她在饭桌上空悬挂一组同样由阿切勒·卡斯蒂格利奥尼(Achille Castiglioni)于1996年设计的唤作Fucsia的吊灯。八个通透内露灯泡的修长玻璃圆锥,顺次排列自成一种明快节奏,煞是好看。低调地玩一回高调的游戏,过瘾,也就在此。

当然也会给他介绍由另一位近年最爱把塑料混凝成一次性(one-off)工艺品的怪怪老先生Gaetano Pesce早在1969年设计的一张海绵沙发。买回来的时候压缩成扁平状,拆封的时候"弹跳"回甜甜圈或者圆球甚至是丰满女体状——你该买的是鲜红版本,我对这位面色长期有点苍白但在舞台上却会飞天遁地的老友说。

这样用人家的钱来满足自己,我倒没有任何悔歉之意。做媒也是一种专业,安排她或者他和·盏灯一张沙发以至一个碗一只碟结婚,我是做好功课足够了解我这些朋友们的日常言行举止生活细节。有趣的是,倾向给她或者他推介引见的"对象"都是老先生,而且是意大利老先生,始终是拉丁情人,要轰烈有轰烈,要温柔有温柔,而且都长得不太高,比那些像白杨树一样的北欧人容易沟通配搭。

太年轻的意大利朋友身边倒没有几个,又是埋怨消费模式的全球化吧,把年轻人都弄得千篇一律面目模糊,爱的恨的都差不多。不像他们的父兄辈,性格突出棱角分明,吃过苦也富得起,也就是这样,才有所谓意大利设计的出现,而且都是举足轻重的创作人,作品一时无两!

这些拉丁老情人名字都应该好好记住:叫人把椅子联想到人体和呼吸的 Franco Albini 和 Carlo Mollino,贵族一般典雅和固执的 Piero Fornasetti,从来没有放弃实验的 Achille 和 Pier Giacomo Castiglioni 兄弟,把玩具放大变身的 Joe Colombo 和 Marco Zanuso,玩世不恭的 Ettore Sottsass 和 Gaetano Pesce,积极扶植后进的 Enzo Mari、Vico Magistretti 和 Andrea Branzi……厚厚的 *Who's Who in Italian Design* 永远是一年四季全天候送礼佳品,叫一票友人们都认得这些情人们的长相行宜,了解他们的疯狂的细密的思路,然后你忽然明白,热情、好奇、多变,都是拉丁情人们足以叫你爱到死的原因。

2002年底,德高望重的大师 Achille Castiglioni 休息去了,终年八十四岁高龄。这位米兰出生、系出米兰理工学院名门,本身就是一本意大利设计近代史的老先生,荣誉无数,徒子徒孙成群,辞世之后自然有纷沓而来悼念追思的文章以及纪念活动。隔岸徒孙英国设计师 Jasper Morrison 回忆起他第一次探访老先生的工作室,在那一堆著名的有如地摊旧货的收藏了几十年的日常设计非设计品中,老先生拿起一个用拍立得菲林折成的太阳眼镜,亲身示范讲解,谈到的是如何永远对日常细物有一个好奇有一种热情。所谓设计,或者是再设计,都是源于对生活的熟悉了解对生活的不平不满。平心而论我们已经拥有太多,一切日用必需的都已经被设计过,今时今日作为设计师,主要任务就是把椅子桌子衣裤鞋袜杯盘碗碟不断改造,为求与时并进,把"现成"的设计赋予好玩新意,个人创作乐趣与社会责任义务就在这个时候得到叠合,没有什么大不了却也不应掉以轻心——找到了自己,包括爱情、工作、生活收入,何乐而不为。

跟随 Castiglioni 老先生多年的设计师 Italo Lupi 提到先生的一句名言:"功能,就是最美丽的一种形式。"这不难理解为什么老先生在设计工作室的案头上,总是堆满不同的门闩门锁、变压器、电灯开关等"硬物",这些朴实的功能性的结构竟就是他的灵感源头。多年老友 Alessandro Mendini 特别指出老先生的设计经常充满笑谑力和戏剧感，一种意大利式的达达主义，灵感不来自学术理论逻辑，却是全然的随机创作敏感反应，在芸芸杂物中手到拿来拼贴成形，构建出自己的设计风格体系。毫无疑问的，这其实也就是一种大智大勇。

另一位同样精彩的意大利国宝级艺术大师 Ettore Sottsass 直言君子之交淡如水，他跟 Castiglioni 并不经常见面，但在种种设计展览或者会议的人声鼎沸却没有什么实在话的场合中，两位先生会远远地点头微笑交换眼神，潜台词是：我们在这里干吗？

我们在这里干吗？天天问，分分秒秒问，这也许就是生活本身，对于这些前辈级拉丁老情人，在生活中一点一滴发现生命，发现生命是如此复杂、脆弱而且艰难，唯一可以问的，就是我们在这里干吗？然后微笑，然后继续找寻那一小块可以让大家赤裸地原始地解除所有武装的地方，在那里可以放松一点，离地轻浮。

老的温醇相对新的青涩，容许我稍微固执地选择：念旧不是一种退步，希望你明白。

01. 1992 年时候设计的吊灯唤作 Brera S，大师 Achille Castiglioni 作品巧妙之处就是点石成金，一个平凡形体加上少许变动细节就叫人耳目一新
02. 酷得满天飞的金属灯罩 Splugen Bran 是 Achille 与兄弟 Pier Giacomo 在 1961 年设计的，早已成为许多室内设计师乐用的经典

03. 经典中的经典 Arco，似乎所有品牌的家具陈列室中都有它的踪影，放在家中是否可以少买一台健身器我就不晓得了

04. 1987 年间 Achille Castiglioni 接受伦敦皇家艺术学院颁授荣誉学位，其实一纸证明书又岂能概括这位老师的成就

05. Archille Castiglioni 发挥"捡破烂"的设计精神，一切生活中大小器物都成为创作灵感

06. 摇摇单椅 Sella Stool 是 Archille Castiglioni 早于 1957 年出道初期设计的充满达达主义实验味道的作品，厂商 ZANOTTA 于 1983 年有复刻版本推出

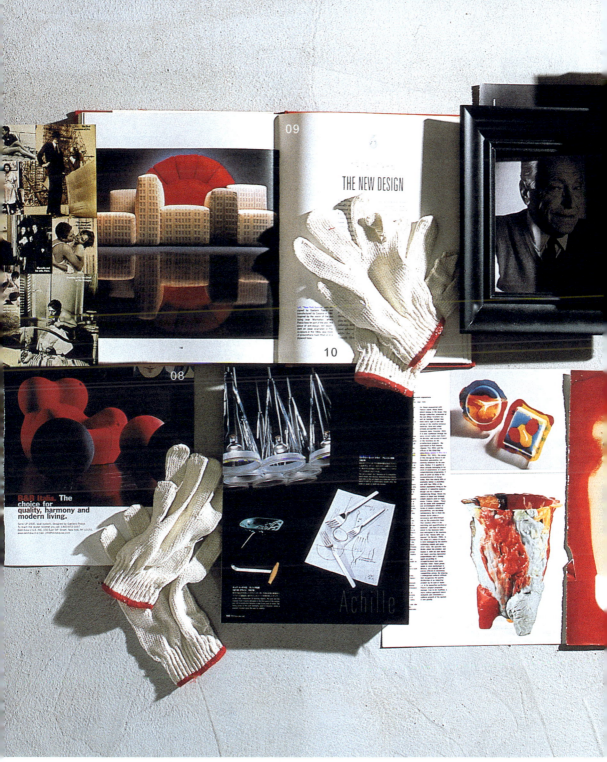

07. 要在艺术上有成就有贡献，这些身体力行的拉丁老情人靠的是用心琢磨和恒久坚持，银幕上下的马斯楚安尼也是一个绝佳例子

08. 搞怪老将 Gaetano Pesce 早在 1969 年就设计有用压缩海绵塑料弹跳开来的躺椅 Donna，造型有如女体，畅销大卖

09. 从不言倦的 Gaetano Pesce 于 1980 年在 CASSINA 旗下又推出了"sunset in New York"，一组八件的沙发组合，纽约黄昏日落漫画形象立体起来

10. 圆锥 Fucsia 从单独一只高高挂到十二只排列好热闹，Achille Castiglioni 1996 年的力作证明了老而弥坚的道理

延伸阅读

www.flos.net

www.zanotta.it

www.cassina.it

Poiano, Sergio
Achille Castiglion Complete Works
Milano: Electa, 2001

Bornsen, Nina & Holtmann
Italian Design
Koln: Taschen, 1983

11. 叫人深深怀念的 Archille Castiglioni，天堂在上，看来又多了一个搞事捣蛋的
12. 擅长把彩色塑料玩出一个不知名状的盛器，Gaetano Pesce 无时无刻不在搞新玩意儿

末日崇拜

一周之末，天色灰蒙蒙，太阳也选择休息。

南方海岛一隅，秋冬交接有一种勉强的微凉，有最适宜睡眠的气温环境，可有睡眠的时间？

身体已经在两三个星期前告诉自己，再这样日以继夜的，实在对不起自己。然而从来没胆量拖欠人家，只好死命努力，把一切答应别人的都一一仔细完成，期待赞美和掌声可以遮盖镜中的灰头土脸，怪可怜。

纷沓而来的据说是最快最新的好消息坏消息，叫人动情叫人生气，讯息爆炸导致死伤无数，每天我们就这样残缺不全地活在地上，难道要学航天英雄飞上太空才可以不断重复述说自我感觉良好？努力兼收并蓄反而丧失了自我，再感觉不出任何感觉，良好毕竟是一个超难度高标准。

累了，甚至病了，用剩余仅有的气力把窗关上把门关上，熄了灯，躺在床上（对不起，还是不敢把手机关掉），幻想时间不存在，决定不顾一切地睡——周一至周六的拥挤丰富烦气逐渐淡出，失忆应该是健康的，周末醒来或不醒来，我可以做什么？

还是醒过来了，在灰蒙蒙的微凉当中，竟然幸福地发觉比平日晚起了三个小时，星期日早上十点，伸手随便拿起床边一本书，卡尔维诺的《给下一轮太平盛世的备忘录》。反复看了不知多少遍的一本小书，今天早上跳进来的第一句，旁边画了不止一道线以示重要："我们所选择并珍视的生命中的每一样轻盈事物，不久就会显现出它真实的重量，令人无法承受，或许只有智慧的活泼灵动，才得以躲避这种判决……我必须改变策略，采取不一样的角度，以不同的逻辑、新颖的认知和鉴定方法来看待世界。"当肩负重任，当自以为是，当深呼吸也缓解不了沉沉压力时，我们就得选择轻盈敏捷地一跃，无噪声地，无侵略性地，绕道而去，另寻蹊径——"人应该轻如小鸟，而不是轻如羽毛"。

有什么比在星期日早上，没有既定目标方向地随意阅读更快乐的呢？更何况是心仪偶像的厉害文字。再翻开谈论"快"的一章，卡尔维诺谈到他从少年时代的个人座右铭是那句古老的拉丁文——Festina Lente——慢慢地赶快，这跟我们老祖宗所说的"欲速则不达"倒可以交错思考。

闭眼快速搜寻，从许多许多年前读西西的文章知道卡尔维诺其人其文字开始，追读他的小说如《看不见的城市》及《如果在冬夜，一个旅人》的英文版，以及后来时报出版陆续印行的中译……他说故事的独特方法与结构，他行文导引出的种种想象和创造的可能性，作为读者被激发被训练出一种观察人际事物的新角度，有幸在少年时代迷上了他，到今日依然心存感激，看什么书成什么人，我愿意这样相信。

在不足的光线里头看书，理所当然地累。身边的伴在被窝里翻了一下身，继续酣睡，因此，我也把书放下了。

再醒来，快要中午。两人满足对望，决定不再纠缠。睡得好最清楚接着下来要吃什么，半小时后，餐桌上是一盘新鲜番茄跟水牛乳酪的凉拌，铺上一堆烤得焦焦的日本小青椒，浇的是日本酱油和意大利橄榄油。少不了的是最简单的蒜头辣椒意大利面，没有帕玛基诺奶酪也还可以——多久没有在家里非工作地烧菜，想起来有够惭愧。

一向任性的我还是懂得把心一横的，饭后决定看一部电影，一堆还未拆封的DVD挑出帕索里尼导演改编自薄伽丘的《十日谈》（*The Decameron*）。以14世纪意大利南方城市那不勒斯做背景，生气勃勃、色彩斑斓的中世纪生活就在眼前。种种叫人捧腹开怀的性笑料，叫修女、神父、园丁、大盗、画家、农民打成一片。电影中开放健康地畅谈情欲，帕索里尼本人也十分上镜地饰演壁画大师，以创作人身份与显灵的圣母相会——人间天上神圣世俗真正互动，叫人深深体会轻重不分快慢不拘的绝妙。

当年一部也不走眼地看完了这位电影诗人的回顾大展，目瞪口呆之际决定要上路寻找帕氏众多电影的场景：也门的首都萨那、意大利南方海岸、耶路撒冷、约旦、印度……日后在旅途上当然有跟电影中不同的风景，但因此更对这牵线的媒人不离不弃，他是诗人，他是思想家，他是革命者，他是同志，他是天使，他教会追随他的影迷如我如何去生事去反驳去直视去疾恶如仇，他"犹如一颗割切得宜的钻石，每一面都闪着光，相互反驳而浑然为一"，吾友魏绍恩如此写他。

懒懒的午后是否适宜革命,见仁见智。难得一个决绝的不工作的星期日,索性就让所有偶像都出场,逐一崇拜。看罢《十日谈》,竟然可以在半明半暗中再睡片刻,醒来时空气中飘荡着的音乐是另一位大师费里尼的半自传电影《阿玛珂德》(*Amarcord*)的电影配乐。不知怎的,有些音乐就是能够叫人轻快——卡尔维诺要求的那种轻,那种快,是在充分了解沉重,而且懂得缓慢之后的轻而快,仿佛向晚之后马上是另一个清晨的开始。即使面前是排得密密麻麻的工作桩桩件件,如果能够像大师费里尼一样有着对世界的无尽好奇对生命的狂野热忱,且愿意站在边缘位置处理具体现实与抽象现实的矛盾冲突,以充沛精力创作不断,工作工作再工作都看来像玩乐像游戏,那么玩得再累也是值得的。

一周之末叫作星期日,简称末日。末日时分,齐来崇拜,愿曾经为我们指路的心仪偶像们继续与我们共在。

01. 就为封面那几行线,为那印金的一方设计,为那闪闪发亮的作者名字,不懂意大利文的我也贪心地买一本心爱的原著——卡尔维诺的《看不见的城市》(*Le Citta Invisibili*),看不见,在心中

02. 大海航行,无边无际,相信冥冥中有大师在指点引路,又或者,随他们冒险,甚至迷路

03. 卡尔维诺名著中译本面世之前，似懂非懂地啃了可以买得到的英译，又惊又喜，又彷徨又踏实，犹如在冬夜，晚上，旅途中，一个人

04. 重复翻看电影还嫌不够，身边一张费里尼半自传电影《阿玛珂德》的电影配乐碟，多年重播不止百遍，尼诺·博塔（Nino Bota）编写的柔扬音乐一起，就安心

05. 多年前第一趟威尼斯买来读本，沿着历代作家的游历足迹，走进这浮浮沉沉的迷宫当中

06. 卡尔维诺搜集编写的意大利民间传奇，是作者口中一切故事的源头，一切创作能量的来处

07. 剪贴式的疯狂笑谑的堵塞的奔驰的宗教的俗世的，就是费里尼的《罗马》

08. 因为帕索里尼，因为《一千零一夜》，因为《十日谈》，我到了也门，到了那个有异域古城有黄沙大漠的国度，更在海港阿丁到法国诗人兰波的故居朝圣，这是额外奖励

09. 有幸完整地看过了帕索里尼的电影，恭敬认真详尽地做过了观影笔记还有那之后的激烈的辩论……那是青春成长期的一项盛事，回想起来心还在扑通跳

10. 费里尼的《甜美生活》（ La Dolce Vita ），如何甜？如何美？又如何苦与辣？

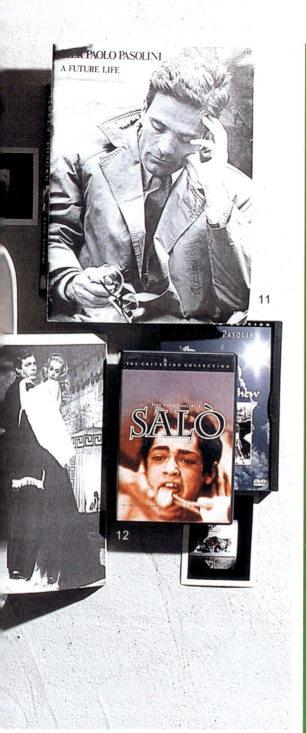

11. 诗人，作家，革命者，同志，电影导演……集众多身份于一身的帕索里尼更是标准意大利美男子

12. 惊世骇俗的《索多玛120天》（Salo），在帕索里尼去世前数周完成，"……像大理石一般冰冷、晦暗，如钻石一般的纯粹、锐利"

延伸阅读

www.italocalvino.net

www.kirjasto.sci.fi/calvino.htm

www.geocities.com/Athens/Forum/7504/calvino.html

www.pasolini.net

www.pasolini.net/english_biografia01.htm

Calvino, Italo
Italian Folktales
New York: Harvest/HBJ Book, 1980

卡尔维诺·伊塔罗著　王志弘译
看不见的城市
台北：时报出版，1993

卡尔维诺·伊塔罗著　吴潜诚译
如果在冬夜，一个旅人
台北：时报出版，1993

卡尔维诺·伊塔罗著　吴潜诚译
给下一轮太平盛世的备忘录
台北：时报出版，1993

Grazzini, Giovanni 著　邱芳莉译
费里尼对话录
台北：远流出版，1993

邦德内拉·彼德著　林文琪等译
电影诗人费里尼
台北：万象图书，1995

Chandler, Charlotte 著　黄翠华译
梦是唯一的现实
台北：远流出版，1996

葛林·娜欧蜜著　林宝元译
异端的电影与诗学：帕索里尼的性、政治与神话
台北：万象图书，1994

先生好奇

大好星期天，阳光灿烂，请问，可以跟您一起到外面走走吗？

他们都说您有一张忧郁的脸，我倒不觉得。我看见您笑，虽然笑不走那一脸深刻的皱纹，但皱纹就是经历，也就是我一直摸着自己的脸冀盼期待的。

和您走在路上，走在那混乱得没法收拾的抬头不晓得是北京是上海是西安还是成都的吊臂舞动的建筑工地旁，走到印度的念不出名字的乡镇的涂满桃红草青水蓝的造型奇特的独幢水泥房面前，走过吴哥窟那藤蔓错综缠绕的寺庙破壁，走进你熟悉不过的意大利荒郊，巴西的市郊国宅竟然与香港新界新市镇的公共房屋如此相似——

路上我们碰到的人，看见您，都一脸惊喜地来不及反应。当然也有不认识您的，我该怎样向他们介绍身边这位把花白头发束成小辫，皱纹满脸依然满溢天真好奇孩子气的您？难道要我翻开塔森（TASCHEN）出版社20世纪设计的厚厚大书第六百五十二页，高声向大家朗诵您的简历？——您实在无法用三言两语简介：埃托·索特萨斯（Ettore Sottsass），意大利殿堂级设计界元老，早年就读于哪里哪里，服务过的公司，合作过的伙伴，设计过的产品，讲过的课，领导过的、推翻过的、骄傲过的、后悔过的……这能够简介吗？这么丰盛的八十六个年头能够用文字记录用言语转述吗？

我本来准备了很多很多的问题要问您，可是一下子都没有问题了。能够走在您的身旁（其实是远远在后），已经好兴奋好满足了。直到现在我还是很贪心地有很多的偶像：文字的偶像、画画的画漫画的偶像、做雕塑的偶像、弄音乐的偶像、拍电影的偶像……要说到做设计的偶像、偶像中的偶像，就是先生您了。恐怕您会介意，但是我不管。

我当然不会问先生您这许多年来成千上万件创作中究竟最喜欢最满意哪件作品，更不会反问您最讨厌最后悔哪一件，这一切设问都显得聪明有余智慧不足了。因为您说过，十分吊诡十分禅地说过，根本没有什么物件是值得保留的，一切都是暂时的，都是一种悲剧性的存在。我们都活在临时搭建的简陋屋檐下，没有人跑到屋檐上去伸手触摸宇宙，所以我们都是那么无知。没有宗教信仰的先生您就更无法从某些人的上帝那儿窃取什么灵性的感召，一方面知道物件的无意义，却一方面不断设计制造物件。您做了比喻，一个有点色情但也够恐怖的比喻：这不断制造的过程就像由自己一手（两手？）做成的激烈万分的自渎，一发不可收拾直至射精高潮，高潮也就是死亡那一刹。

话说回来，当今在世也鲜有像先生您这样德高望重地自渎也依然获得来自四面八方的击节赞赏的。您说过在您六十岁后的真正成名为您带来了另一个Ettore Sottsass——一个明星一般的您，但这个明星其实不是您。您不曾为名而工作而努力，成名是自己跑来的，您依然愿意简单地做一个陶瓷花瓶，做好了拿去送给漂亮的女朋友，女朋友很喜欢，问您可不可以把花瓶送给她，您点头，她笑了，还吻了您，您因此满足。——我们做任何事，简单也好复杂也好，不就是应该这样，为了所爱的人，为了自己，能够这样，已经很好，很好了。

一切都是现在式的，您说。过去并不存在，怀旧并无必要，将来也是未知的，过去未来都看我们现在怎样演绎诠释，所以有人问您由您一手发起的设计史上天翻地覆的孟菲斯（MEMPHIS）运动以及所有关于后现代的杂音该如何评价。您依稀记得当年的过瘾，那分享过的动能，您也狡黠地话题一转指出挥动现代主义理性大旗的勒·柯布西耶，说细看他的文字作品其实嗅出刺鼻的法西斯气味——如果世界上所有城市都盖成勒·柯布西耶建筑构想中的样子，那么他就是人类史上最大的罪犯了。您不愿意被千夫所指，所以您一直变，一直动，又一直都叫人一眼就认出，这，这不就是Ettore Sottsass嘛！

我们面前因此有您早在电脑年代启动之前，替意大利打字机名牌OLIVETTI设计的不同系列的畅销热卖的打字机，当中最火最红的果然就叫作Valentine（有情人）。也有数不清的限量制作的造型奇特用色厉害的陶瓷瓶罐碗碟、玻璃、水晶、金属、木器、漆器等等不同物料各种版本，是全球高级工艺收藏家的心头挚爱目标首选。您在孟菲斯团队时代那一批技惊四座引起争议甚至惹来谩骂的家具（！？），用最便宜的彩色塑料合成薄板配搭贵重金属和石材，刻意反设计搞颠覆，竟也乘势而起成了时代最强音。及至近年您受新加坡华人巨富委托设计建筑的住宅别墅群，是我看过的最活泼有趣的最像彩色积木组合的豪宅。

停不了的您放不下的是对万事万物的好奇，越好奇越认识了解就越看透物欲世界的脆弱存在无意义。一如其他大智大慧的同道，您既是矛又是盾，最悲观消极也最乐观积极，您痛心现今设计界完全由市场行销操控，不忍设计师只是扮演一种乖巧服从的角色。您一语道破所谓创意（creativity）已经沦为广告宣传用语，只用来美化和保障业者营商的"意义"。"文艺复兴巨匠达·芬奇从来不谈创意。"您有点愤怒地说。因此我们明白您为什么不再参与大规模量产的工业设计，宁愿与手工艺技师合作，设计物只作限量制作，您深明这不是为高档而高档，也只有这样，在这个草率即食的生态环境里，才能保持设计物的精致纯粹。

您已八十六岁了，您不忌讳地经常谈到死。您不怕死。一切自然而然。不眷恋过去但也实在有点忧郁——这是一个诗人如先生您不可缺少的感伤情怀吧。被问到您对后辈有什么提点建议，您倒很直接地说没有什么好提点建议的，只是希望大家要有耐性，要沉得住气，对人对己要有很大的怜悯同情心——因为我们都同坐一条船，或早或晚，既是船，就会沉。

01. Ettore Sottsass 设计的彩色房子都像积木玩具屋，叫人走进去马上回到孩提时代那种天真单纯，好奇任性
02. 三岁的 Sottsass 先生爱玩球，在他眼中的未来大世界，不也就是一个不断滚动的球吗？

03. Sottsass 先生和他的建筑设计团队,合作无间通宵无数,来自世界各地的邀约,都是慕他的好玩大名,希望能像他一样,越玩越年轻

04. Sottsass 先生同时是一位厉害作家和敏感摄影师,像诗一般的散文,像雕塑一般的摄影,越了界犯了规,更好

05. 大师双手,够清楚让你看到他的掌纹?

06. 典型的 Sottsass 玻璃作品,天外来客自顾自风骚

07. 编着小辫像个老印第安人的 Sottsass 先生在办公室里,同样酷的是他的私人助理 Lianna

08. Sottsass 先生的手绘建筑图有着大胆的透视、厉害的颜色、迷人的风格……

09. 20世纪80年代一手组织策动孟菲斯设计团队,当年备受争议的代表设计作中有这个据说是书架的怪物唤作 Carlton

10. 将不同物料不同纹理冲击拼合出杂种怪胎是 Sottsass 先生的拿手好戏。大圆桌有两种木纹桌面,有大理石和钢的底座,为1996年的作品

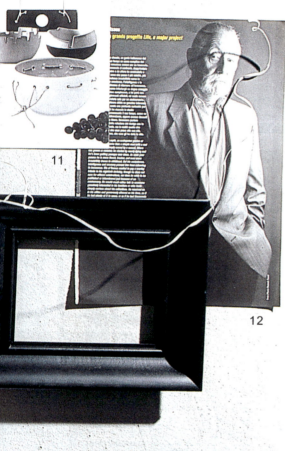

延伸阅读

www.sottsass.it

www.design-technology.org/
ettoresottsass.htm

www.designboom.com/eng/
interview/sottsass.html

Sottsass, Ettore
The Curious Mr Sottsass
London: Thames and Hudson

Radice, Barbara
Memphis
New York: Rizzoli, 1984

11. 早于1959年的陶瓷作品，已经看出有搞怪苗头
12. 长得一脸忧郁的 Sottsass 先生，因为悲观，所以乐观，因为愤怒，所以热爱

最后奢侈

时间就是金钱,一个比较过时的说法。

时间就是奢侈,还算有点新意。

是金钱的话,好像还可以努力地挣来牢牢地抓紧,一点一点好好计算,一分一秒地花。如果是奢侈的话,可能根本就负担不起,永远隔着橱窗的一块反照见自己寒酸倒霉的厚玻璃,不怎么望得清里头的华美亮丽——从来没有时间,悔恨与时间无缘,想想有多恐怖。

也许把这都当作玩笑吧,暂时还算有点精力与时间追逐,两个星期内飞来飞去六个国家,从炙热到冰凉。工作也是奢侈,累也是奢侈,真是玩笑。也因为这样,在最后一站天气好得不得了的伦敦,心血来潮再疯一回,顾不了周末的拥挤,网上订好机票和旅馆,再飞一转威尼斯,算是给自己两个星期来的劳累的一回可能是更劳累的补偿,还有两个小借口,老同学路过伦敦好做伴,今年的威尼斯双年展还未闭幕。

伦敦希斯罗机场快不行了,每经过一回就越叫人神经紧张。原来飞威尼斯不到两个小时的航班,因为误点,一延就是四个小时后才可以登机。与同行的两位熟得不能再熟的老同学,傻了眼相望,也懒得安慰大家发掘什么旧时景色什么新话题,四小时白白蒸发,奢侈得残忍痛快。

几乎半夜才到威尼斯,凭着以前迷路超过十次的经验,终于在窄巷中找到了小旅馆,拿了钥匙拿了地图再上路去找入住的房子,反正夜了,不慌不忙的,还好。

威尼斯不陌生,也从来不因为她的过分拥挤而心生讨厌。总会碰上好天气,总会有舒适海风,总会有认识的不认识的伴，总会有道地美味海鲜菜式，总会有继续衰败继续维修的颓垣败瓦出其不意地露出新旧颜色。每回到此，都享受，也告诉自己，这大抵就是我的能力范围内的一种奢侈。

只有一个周末，目的明确——看展览场内的人造风景。威尼斯艺术双年展隔年交替举行，说起来已经变成了我每年来这里的借口，碰巧今年是第五十届，以"梦想与冲突"（Dreams and Conflicts）为大展主题，理应是个盛会。可是在偌大的贾尔迪尼（Giardini）国家地区展馆和船坞展场中走了一大转，口干而且肚饿，因为视觉和精神上，完全未能满足，其实很失望。

是期望过高吗？还是看破了动辄以艺术为名的虚伪相？尽眼看去多是自以为是的煞有介事的装置艺术，用尽了种种物料媒介，勉强支撑住的是仓促简陋的概念与口号，也许我们日常存活的时代实在太仓促太不堪，几乎没有人肯多花时间去组织去整理去消化沉淀，连对待艺术也惯用了即食即弃的手法，其粗糙其笨拙，有点像是中学生的课堂习作。站在贾尔迪尼展场意大利馆的小阁楼上，无力无心情回应四周的简陋，倒是深深地惦记起两年前在同一场地看到震撼性的一连二十多幅各自高七尺阔十尺的大型油画，题为 Lepanto 的战争系列，是我心仪已久的旅居意大利五十多年的美籍大师赛·托姆布雷（CY Twombly）的杰作。

人面依旧，竟然桃花全非。两年前那一个早上，天阴多云，在完全没有心理准备之下踏进这个阁楼，一下子围住我的是斑斓奔放的能量十足的四时颜色。Twombly 的作品一贯非具象，学者一时称之"抽象表现主义画派"（Abstract Expressionism），一时称以"原始画派"（Primitivism），反正随心随意，堪称涂鸦一族的宗师，观者如我，看得过瘾就是。

忘不了第一次邂逅 CY Twombly 的作品，是许多许多年前学生时代在纽约惠特尼美国艺术博物馆（Whitney Museum of American Art）。当年一位学绘画的挚友知道我游荡到纽约，要我一定一定要去看 Twombly 的画。我根本不知 Twombly 是谁，站在那两三人高四五人宽的巨幅得有如教室墨绿黑板，涂满白粉笔以及擦痕的作品面前，我是如此的惊讶与感动。

日常与非日常，理性与非理性，典型与非典型……我们其实都在事情的两极范围中游走，某时某刻，寻找某个平衡。所以我最不懂得拒绝，总觉得一切也可以发生，也应该有足够弹性。面前的潦草涂鸦，唤起的正是小时候的一种日常视觉经验，只不过放到这偌大的画廊空间中，又有了另一种观感。是否于你有意义，就看你的心情和状态。也因为是作者的肆无忌惮，涂鸦涂出一种既强韧又脆弱，既瞬逝又长存的诗意，涂出自己一辈子的可供前瞻后顾的私家历史，这样说来，竟又是创作上的一种奢侈了。

CY Twombly 本名 Edwin Parker Twombly Jr，故乡是美国南方弗吉尼亚州列克星敦（Lexington），CY 是他父亲的一个诨名。Twombly 早年在波士顿的艺术学院修读艺术，在纽约碰上莫逆之交，另一位响当当的大师 Robert Rauschenberg。受 Rauschenberg 的怂恿，Twombly 转学至北卡罗来纳的黑山书院，又申请奖学金赴欧游学。1952 年第一次到意大利之后，他发现了他的第二故乡。

一个美国人在意大利，一个南方人在南方，可以有太多的故事。更何况去国一晃就是五十多年，娶的是出身贵族家庭的女男爵 Luisa Tatiana Franchetti，爱上罗马，爱上远古的神话与历史——历史选择了他，可以奢侈地开始长达大半世纪的离群闲荡。

当他的友俦如 Robert Rauschenberg、Jasper Johns 等人都选择在美国本土打拼扬名，他却飘到聚光灯范围以外，保持若即若离，一向不太接受传媒采访报道的他，其实是何等聪明与细心，他清楚自己跑的是境外马拉松，而且不是比赛。

这么多年来忠心搜集他仅有的杂志采访报道和家居近照，最新在飞机上读到的是美国 W 杂志一篇关于他在俄罗斯圣彼得堡艾尔米塔什博物馆（Hermitage Museum）举行大型回顾展的独家报道。七十五岁高龄的

01. 比意大利人更认识了解意大利传统历史文化的 CY Twombly，无人怀疑他的前生不是神圣罗马帝国的子民
02. 说不出那神奇魔术在哪里——所以魔术真的神奇！爱上先生的教室黑板涂鸦一般的作品，毫无保留地一见钟情
03. 相对于他的大型绘画系列，Twombly 先生的雕塑作品较少曝光，1991 年的石膏作品 Thermopylae，分明也是他的涂鸦意象的立体演绎

04. 位处沿海小镇加埃塔的 17 世纪别墅大宅,大大小小刷白了的房间内,就是这样散落着大半生的个人历史

05. 老当益壮的 Twombly 还是充满爆发力震撼力,生之放纵死之无惧交错交流,2001 年的无题 3 号,叫我在画前感动不已

06. 最爱登堂入室一睹人家的生活与工作,尤其是心仪的偶像的创作过程,更是千金难买的珍贵一课

07. 罗马,罗马,条条大道通往这里,种种创作灵光也从这里迸发四射

08. 意大利的好味道，相信 Twombly 先生最清楚

09. 昵称先生"Twombly The Great"，这位大帝同时也是三岁稚童，创作一路欢声狂语，奔放无虑。1984 年一幅题为 *Proteus* 的作品，看得人心花怒放

10. 俄罗斯鲜有为当代艺术家策展的圣彼得堡艾尔米塔什博物馆，为七十五岁高龄的 Twombly 先生举行大型回顾展，是对艺术家一生成就的一个荣耀式肯定，不晓得他心底里又怎样不屑这样的冠冕光环

11. 一位是文艺复兴时期的具象大师，一位是纵横驰骋当世的抽象巨匠，两者间共通之处，就是把生活活得诗意和神圣，也从容面对苍茫和衰败

12. 别墅大宅房中靠墙斜放着大大小小古老画框，先生散步在框框之外

Twombly 老先生罕有地愿意上镜，白发苍苍的他精神奕奕一脸自信，眉宇间看得出童心未泯的机灵。身边的一叠资料还有各种各样的八卦：他是现存大师级中从来不用助手，选择亲自作画的鲜有典范。他在罗马近郊以及那不勒斯北部沿海小镇加埃塔（Gaeta）都有他的 17 世纪别墅大宅，刷白的室内空荡荡，一如他的大幅作品，总是留很多很多的白。至于他对自己的画在苏富比拍卖竞拍出五百六十万美元的天价，被认定为现存艺术家中第三富，他无动于衷。他的一直站在背后的夫人 Tatiana，他的同样是知名画家的儿子 Alessandro 以及身为时装设计师的阿根廷籍媳妇 Soledad，都各自低调得精彩。

相对于本届威尼斯双年展的好些哗众取宠的作品，Twombly 的涂鸦经典明显地傲视现世超然物外。他幸福得不必热衷参与大家乐此不疲的追逐游戏，选择远离人群却没有脱离生活，坚持用最拙朴纯真的线条与色彩，毫不傲慢地自顾自私语。他来，是要告诉大家，这叫作有时间，这叫作奢侈。

延伸阅读

www.labiennale.org

www.menil.org/twombly.html

www.abc.net.au/arts/visual/stories/s424389.htm

http://home.sprynet.com/~mindweb/twombly1.htm

鲁仲连主编
在艺术中呼吸：意大利博物馆之旅
桂林：广西师范大学出版社，2002

Barzini, Luigi
The Italians
New York: Atheneum Publishers, 1972

附录一 意大利不是一天设计成的

二十四小时的设计史剪贴习作

罗马,啊,他们说,不是一天建成的。

就算到罗马游玩,也绝不可能在一天内看完万神殿、圆形竞技场、巴拉丁山丘的古罗马广场,还有拉卡拉大浴场、君士坦丁凯旋门和维克多·埃曼纽尔二世纪念堂,以至西班牙阶梯和特拉维喷泉等等。更不要说那从来为人诟病却一直都没有改善过的市内交通,如果要顺道参观梵蒂冈,亲自感受圣彼得大教堂的慑人雄伟,细看西斯廷教堂米开朗基罗的壁画《最后的审判》,那可又再得花上另外两三天。急,是急不来的,尤其是在意大利。

要看达·芬奇的《最后的晚餐》得在米兰感恩圣母院前排队至少一小时;帕玛基诺乳酪完全熟成需时大约十四个月;最好的 aceto balsamico tradizionale di modena 陈醋可得酿他三十至五十年……这里从容不迫有的是时间,发生的一切当然并不因此而井然有序,却倒是慢慢地混乱着,也乱出一番美好景象。

为了要为大家勾勒出意大利设计百年来从无到有的一页历史(对不起,真的不只是一页历史),我从书柜里从资料档案架中搬出了堆叠起来比几个人还高的书本杂志和剪报,一不小心还把一整幢巨厦推倒倾塌,真正明白了挑战历史而终被历史埋葬的恐惧。面前有从前上设计史课仔细读过的"正史",有后来好奇剪剪贴贴来的关于这个设计师那件产品的小道八卦,还有多年来搜集收藏的意大利家具灯饰产品目录和宣传品。那好一批内地出版的仔细详尽地阐述意大利工业化、现代化以及20世纪文化艺术的研究专书,那些每月每季都有所期待的图文并茂的 *DOMUS*、*ABITARE*、*CASA VOGUE* 定期或不定期刊物……黑白彩色精装平装,单是平面的呈现已经庞大惊人,更不要说占据我的小小房间各个角落的意大利家具、灯饰、厨具、餐具、衣橱里的衣服配件、床枕被褥……意大利设计史不是书中的一页干巴巴的资料,她活泼跳脱就在眼前,一同呼吸。

编的不是教科书,也没有专业资格和能力像老师一样眉目清楚地把这么厉害的意大利设计前因后果——讲得明白。这个球还是注定要踢给大家的,有兴趣的赶快下场来玩。只是也在想,如果只给我一天,二十四小时内该如何再翻阅再消化面前这一叠有趣的材料,然后剪贴出一个依然可供参考的入门认路的大概?由于篇幅与版权的问题,本该图文并茂的也只能以文本示众,余下的就要大家去努力地补充练习。

在以编年顺序整理出意大利设计发展的一个脉络之前,必须先了解一下种种致使意大利设计可以性格鲜明地在国际尽领风骚的背景原因——

是设计是艺术,都是生活

常常说意大利人有艺术细胞。细胞?这该留给生物学家破壁来研究。众所周知,意大利有着悠久的文化艺术传统,长期以来得到社会各个阶层的认知热爱和承传重视。从建筑到绘画到雕塑到音乐到文学以至电影,从古罗马帝国年代到文艺复兴时期,从20世纪20年代的未来主义艺术风潮,到50年代向国际现代主义运动的呼应,在动荡多变的政治状态和经济环境里,社会整体对艺术的热爱和追求还是一直延续。

艺术也不是什么纯粹的抽象的概念,也早就融合于日常的宗教生活与休闲生活当中。文艺复兴时期杰出的全方位艺术家如达·芬奇、米开朗基罗,就是把建筑、雕塑、绘画、机械发明,甚至医药等知识修养融汇进生活的顶尖代表。重视传统又企图突破传统的20世纪艺术家和设计师,即使依然热衷纠缠讨论纯艺术与商业设计的关系与分野,但对两者皆从生活中来且必须回到生活中去,倒是早有共识。

意大利人对生活的热爱,对家居生活环境和个人生活品质的高度重视,是意大利设计得以积极发展的一个"内部"需求。

设计发展背后的经济结构

每个设计项目,到了开发、生产和行销的层面,就不只是某某设计师三更半夜灵光一闪的纯"创作"。意大利设计工业得以立足本土进军国际,直接与意大利"二战"后经济结构和经济策略的变化特色与现代化的发展进程,紧紧相扣。

"二战"后意大利之所以能够迅速复原实现工业化,创造出经济奇迹,重要原因是国家的大力干预。政府于1948年决定接受美国的"马歇尔计划",获得三十一亿多美元的援助,亦于1949年加入北大西洋公约组织,就是一个目的清楚方向准确的国策,旨在改变法西斯统治时期闭关锁国的遗害,积极开放以吸收外资和外国先进技术。

其实早在"二战"之前,意大利的铁路及邮政部门已经由国家经营,30年代世界性经济衰退当中,更有国家控股公司的诞生。"二战"后再加强的国家干预,目的在改变国内因资本原始累积不足,私人资本匮乏薄弱造成的劣势。所以从1933年成立的IRI(工业复兴公司)到1953年创立的ENI(国家碳化氧公司),都是国家参与的庞大而复杂的企业集团,为私人资本和私人企业的发展创造了各种有利条件。诸如提供良好的基础设施和优惠价格、保证能源供应、通信设施等,亦因此调节了经济发展速度,协助私人企业整顿改造,补贴危机企业,开发国内落后地区,缩小南北地区经济发展不平衡的差距。这种种宏观调节与干预,最大的好处是支持了私人资本的发展,使国内企业可参与国际竞争,得以在国际市场上占有位置,也树立了意大利品牌在国际上的地位。

当然,与其他资本主义国家一样,意大利国民经济中占据主体地位的还是私人企业,尤以家族为基础的中小企业,诸如纺织、服装、制鞋、家具、首饰、食品等,而且更逐渐发展成某些产业高度集中于某一地区的特点。

意大利家族中小企业得以蓬勃发展的原因,从历史上看,是因为国家长期分裂,难以开展资本主义自由竞争,企业兼并的条件及机会不多,垄断意识也不强烈,及至"二战"后有国家引进外国资本,有不少也直接投资在私人的中小企业中,没有刺激催生大型企业形态。近数十年,随着各种工业技术的进步,生产结构越见复杂细分,中小企业承包某些组件的生产过程,也不需要太大规模的设备。市场上出现了不少以知识为基础、以无形资本为主体的新行业(设计创意服务就是其中一项),亦以其小规模的灵活弹性得以在市场上立足取胜。这些独立经营的企业单位,一般都没有工会组织,更容易在危机面前协调劳资关系,容易达成"家庭式"同舟共济的共识。更重要的,当工业越发达,人们却越留恋传统的手工业产品,从服装到皮革到金银首饰到家具家用品,大家都相信中小企业生产的"手工"品质,而意大利设计产品中所有品牌,除了汽车工业中某些大牌如菲亚特以外,几乎全部以中小企业的模式营运。

随着欧元推出,世界经济全球化等结构性的改变趋势,意大利的国家公有企业也在近年进行大规模的减肥瘦身,开始出售股份,走向私有化,以崭新面貌参与越见激烈的国际竞争。作为中小企业一分子的设计团队，也在新一波的变化中，积极重整资源和计划部署，以争取继续保持国际设计舞台上的主角地位。

设计专业的独立性和实验性

意大利作为一个设计"大国"，长久以来却出奇地没有一家国立的设计学院，著名的多莫斯时尚设计学院（DOMUS ACADEMY）也只是由 *DOMUS* 杂志延伸发展出来的私营的设计研究中心。大多数现今在国际设计坛举足轻重的意大利设计老将新秀，在学时期接受的都是建筑专业的训练。这些准建筑师们在这个认定建筑是艺术之首的理念下，毕业后投身室内设计、家具设计、灯饰设计以至时装设计，从 Castiglioni 兄弟到 Antonio Citterio 到 Fabio Novembre，从 Massimo Iosa Ghini 到 Romeo Gigli 到 Giafranco Ferre，都是专业建筑师出身，都能够全方位地考虑设计品在日常生活时空异变中的身份和位置。

有别于德国设计训练和操作中的高度准确、统一控制以至引来疏离冰冷非人格化的非议，意大利设计从来强调的是个人化艺术化的表现：热情、感性、诗意，不以教条理论指引却诉诸敏感直觉。也因为这种创作特性，设计师多以独立创作的身份成立自家工作室，替各大生产厂商做设计顾问，在协商合作的关系下与厂商负责的技术支援和行销部门沟通，争取和保持了最大的创作自由度和灵活性。大半个世纪以来，成就了一批既是实力派也是偶像派的意大利设计巨星，发展出相互扶持承先启后的一个积极乐观的设计传统。

即使是以个人为基本创作单位，这群受过建筑专业训练亦有通识人文素养的设计师，经常以全才的"文艺复兴人"自居，在不同年代都自发组织起前卫的实验性的建筑设计理论和实践团体，以挑战抗衡因循保守停滞不前的主流社会生活美学价值标准。从 20 世纪 30 年代的 GRUPPO 7 七人组，六七十年代的 ARCHIZOOM、SUPER STUDIO 和 STUDIO ALCHIMIA，及至掀起后现代风潮的 20 世纪 80 年代的孟菲斯（MEMPHIS）团队，都一直刺激着更新建筑及设计的创作理念和方向。几十年来一直是前线主将的 Ettore Sottsass、Andrea Branzi、Gaetano Pesce 等更是身体力行的实战派，以其前卫先行的创作丰富和提升了意大利设计的先锋榜样地位。

扎根本土面向国际

从整体贸易关系来看，由于意大利所需能源的百分之八十以及工业的原材料都依赖从国外进口，迫使国内必须大力发展对外贸易以换取大量外汇。而在这些出口创汇的品牌中，时装和纺织品是第二大部门，皮革制造业是第三大部门，首饰珠宝、玻璃器具、家具灯饰以至汽车设计,都各占一个重要的位置。能够在市场上与其他国际品牌竞争取胜的一个主因,就是标榜其傲人的意大利设计。

赖以生存的需要接合上独特创意的发挥,意大利设计团队中一方面有本土训练的优秀的设计师,从祖师级的 Gio Ponti 到新秀 Fabio Novembre 几代人才济济,但同时也吸引了从四面八方汇聚而来的精英,诸如日籍的喜多敏行、苍松四郎,来自德国的 Richard Sapper,来自英国的 Perry King 及 Geroge Sowden,来自西班牙的 Particia Urquiola,来自法国的 Nathalie du Pasquier,都长期以米兰为工作据点,为意大利设计注入了国际质感,加上为众多意大利设计品牌所捧红的国际级设计巨星如 Philippe Starck、Tom Dixon、Jasper Morrison、Marc Newson 等等,都一直与意大利设计圈保持紧密和良好的合作关系,所以一谈到意大利设计就等于展示了世界顶级设计成果,尽领风骚。

除了每年定期在意大利国内各大城市举办的无数时装秀、家具展、灯饰展、珠宝首饰展、汽车展以至家用品展,向海外买家展示意大利设计的最新动向,更有学术意义的米兰设计三年展(Triennales di Milano)、威尼斯双年展的国际建筑大展(Biennaledi Venezia)、佛罗伦萨时装双年展(Biennale di Firenze)……都是有心有力的设计文化的盛会。加上意大利最大百货业者 Rinascente 举办的"金圆规设计大奖"(Campasso d'Oro)以表彰每年杰出的设计产品,意大利政府亦积极在国外举办推广意大利设计的大型展览和巡回宣传,致使意大利设计文化一直高姿态地影响着国际设计潮流。

简要地列举分析过意大利设计成功之背后要因,这里也尝试勾勒一下一百多年来意大利设计中从无到有的一个发展历程,粗略笼统地分作五个时期,只是方便入门问路,仔细探究下去其实有无数精彩的创意原则态度,都是很有价值的参考和启发,绝对需要大家亲身亲近。

(一)从统一走向现代

政治上处于四分五裂,长期受外族统治,城市国家工商业极度衰落,工业化迟迟未能开展推进……意大利在1871年统一之前,可算是个烂摊子。

国家统一初期,全国百分之六十的人还是农民,只有小规模的手工业作坊提供基本的生活需要:纺织、陶瓷、玻璃和家具家用品的创作都保留了优良手工艺传统,这种坚持甚至跨越20世纪一直成为意大利设计的当代特色。

随着邻近欧洲各国的工业革命迅速发

展，民生品质不断提升，意大利政府意识到必须加快基建步伐以求在与别国竞争的同时也能扭转国家弱势。国家投资参与了电力、汽车工业、铁路和船舶工业的经营，工业机械的普及也直接服务于传统的手工业产业，刺激了生产速度和生产规模。

在经济迅速发展的这一个时期，制造商开始发觉可以利用设计来为国内新的中产阶级市场开发产品，也可以在国际市场上打响名声及确立形象，从1881年米兰举办的"米兰国家展览会"到1902年的"都灵国际展览会"，从国家到国际，从展示巴洛克和洛可可的传统装饰风格到展示自家的新艺术风格（Art Nouveau），意大利的现代设计进入了萌芽期。

（二）战火中的现代传统

电气化的普及，钢铁工业的发展，迅速影响一切交通工具的设计生产，从火车、船舶、汽车、自行车、摩托车到飞机，都既实在又象征地代表了前进的"速度"。其他家居生活用品和办公室设备诸如咖啡机、打字机及金属家具的生产模式和成品品质，都直接受惠于钢铁工业技术的开发。

在意大利设计发展史上占有经典位置的几家重要生产商都在此时期创立，当中包括由一群前装甲兵军官在1899年于都灵（Turin）创办的汽车生产商菲亚特（FIAT），1905年创立的汽车生产商LANCIA，由Camillo Olivetti于1908年创办的打字机公司OLIVETTI以及在1990年创立的高档汽车生产商ALFA ROMEO。

无论是OLIVETTI的领导人Camillo Olivetti还是菲亚特的总裁Giovanni Agnelli，都明显地从当年美国的产品设计造型手法和生产模式中吸取大量灵感和经验。OLIVETTI在1911年生产的造型简单、摒弃装饰的全黑MI型号打字机，被认为是类似美国福特车厂的"T"型车式的产品，而菲亚特在1915年开发推出的面向中产市场的Zero经济实用型车，也是公司总裁在美国取经回来后的构思成品。至于LANCIA在1933年推出的由著名汽车设计师皮宁·法里纳（Pinin Farina）设计的Aprilia轿车，分明就是其时风行美国的流线型设计的一个娇小而高贵的版本。

在家具和灯饰设计方面，响应国际现代主义建筑设计理论，意大利有自家的称作"Rationalism"的理性主义。以钢管结构为灵感来源的设计作品比比皆是，从Piero Bottoni的极似工业竖琴的钢管扶手椅Liva到Luciani Baldessari的犹如抽象雕塑的Luminator钢柱地灯，都是对工业新时代理性主义的有力呼应。加上艺坛上的未来主义艺术运动的影响，强调现代动力学的先锋派的表达方式，都直接反映到设计语言当中。

德高望重、被奉为意大利建筑设计旗手的 Gio Ponti，在这个时期除了参与了大量的建筑、家具灯饰和生活器物的设计制作，还于1928年创立了著名的 *DOMUS* 杂志，推崇清新简练的设计语言风格，鼓励设计从业者要发展出有意大利特色的既继承传统又结合当代的设计手法。杂志一出刊便备受注目，也迅速发展成有领导潮流地位的专业期刊。

当然20世纪初也是战乱频繁的年代，两次世界大战当中，意大利的国内政局风起云涌，特别是从1922年以墨索里尼为首的法西斯政权上台，表现出极端的民族主义及极权主义，野心建立"大意大利帝国"，同时为了使国民经济服从于对外扩张侵略的需要，采取了闭关锁国政策，压缩外贸、限制外国投资，直接破坏了正在稳定发展的意大利设计产业。墨索里尼在执政最初一度推崇理性主义的建筑风格，建筑师 Giuseppe Terragni 在科摩（Como）的法西斯党部大楼（Casa del Fascio）是理性主义和功能主义的精彩杰作，但发展下来，理性主义和功能主义当中体现出的民主思想与法西斯观念有基本冲突，执政的法西斯主义者亦转向了纪念碑式的新古典主义。

（三）重生的奇迹

第二次世界大战给意大利带来毁灭性的破坏，几乎一切都在战火中化为灰烬。一向热爱生活的意大利人能否在战后迅速站起来，是全世界关注的焦点。

战后重建马上展开，首先带来的是建筑及家具工业的蓬勃，"让每个人都有一个家"是其时有理想抱负的建筑师和设计师的努力目标。在解决了基本的居住条件设备供应之后，一种中产的对美好新生活的向往和消费品位逐渐形成。美国现代家具设计师如 Charles Eames、George Nelson、Harry Bartoia 等人的现代家具作品，鼓励着意大利同行在设计材料和造型上的革新。合板、金属以及塑料开始被大量利用，除了 Gio Ponti、Piero Fornasetti 等人游走于古典趣味和超现实想象的身体力行之外，来自都灵的建筑师 Carlo Mollino 设计有带着性感情色趣味的有着柔美女体线条的桌椅；Osvaldo Borsani 替生产商 TECNO 设计有可调整成床的多功能沙发组合 P40；Gino Columbini 也为成立不久的专门研发塑料生产技术的 KARTELL，设计了好一系列精美的塑料厨房用品；律师出身的 Paolo Venini 也广邀建筑师和艺术家为其玻璃作坊 VENINI 设计高档新颖玻璃器皿用具；还有 Marco Zanuso 设计的造型科幻的手提缝纫机 MIRELLA；加上那透过电影《罗马假日》在全球造成疯魔热潮的、由直升机设计工程师Corradino D'Ascanio为PIAGGIO摩托车厂设计的VESPA小绵羊;甚至OLIVETTI打字机的色彩鲜明斑斓的平面广告……都一一构成了意大利在这个经济起飞奇迹再临的年代的设计面貌,所谓的"意大利线条"(Italian Line)开始出现在国际设计消费市场当中。

也就是在这个时期,米兰百货业巨子、LA RINASCENTE百货公司的拥有者Romualdo Borlette在1954年设立了金圆规奖,以奖励每年有创意有技术突破的产品设计,成为一个设计界最高荣誉指标。

随着菲亚特的500 Nuova型小汽车在1957年投入生产并广受消费大众欢迎,OLIVETTI的Lettera 22第一台手提式打字机的出现,马上成为美国现代艺术博物馆的收藏,意大利设计工业已经发展进入一个成熟的状态。

(四)反叛中成长

"二战"后意大利经济奇迹成果,现在除了可以在博物馆专题展览厅内一睹当时大量生产的冰箱、洗衣机、电视机以至汽车,也可以在导演费里尼的《甜美生活》(*La Dolce Vita*)中感受一下。

比起其他发达的工业国家如德国、美国,意大利的生产技术并非一流,但也因此更强调了高超的设计水平,产品继续在国际市场上稳占重要位置,代替了北欧设计的温暖纯朴的家庭文化,却以亮丽的高档的艺术品味超前领先。就以当时研发得最蓬勃最成功的塑料为例,新的化工技术导致新的美学观点出现,意大利设计师们在充分利用了塑料"能屈能伸"的特性的同时,也成功地避开了它平庸低廉的感觉,以奇特多变的造型和丰富的颜色,利落地赢得了消费者的认同。从厂商TECHO的Graphis组合式办公室家具,到Joe Colombo为KARTELL设计的model 4860叠椅,还有Ettore Sottsass为OLIVETTI设计的红色塑料外壳的Valentine打字机,都是又叫好又叫座的划时代塑料设计。

塑料设计产品大出风头之际,由Richard Sapper及Marco Zanuso替BRIONVEGA公司开发的一系列电视机和收音机产品也叫人眼前一亮,从意大利第一台全晶体管电视机Doney 14到手提式电视Algol 11,从TS 502折叠方体收音机到超酷黑盒电视Black 201,都再一次证实了"意大利线条"的优越过人。

随着60年代中期意大利国内开始的经济衰退,通货膨胀和失业的情况越见严重,自1968年始,国际上一波又一波的学生和工人的游行示威也引起意大利境内学生的响应。各大城市的建筑系学生在示威活动中表现得特别活跃，他们不满付了昂贵学费却在毕业后苦无工作，亦同时挑战同行前辈们为了设计在国际市场上吃得开的"好品味"，而丧失了的早期的先锋精神。加上其时由安迪·沃霍尔倡导的波普艺术观念开始在国外流行并影响到建筑和设计领域，一向反应敏锐的意大利设计师们也以创作回应。

1966年在佛罗伦萨成立的两个激进建筑师组织SUPER STUDIO和ARCHIZOOM，举办了一次名为"Superarchitecture"的宣言式展览，描绘了一个希望通过建筑改变世界的乌托邦理想生活方式，以"反设计"（anti design）的精神，挑战日渐因循的主流好品味。

从Castiglioni兄弟富有达达主义意味的旧物再用的设计——Mezzadro拖拉机单椅、Allunaggio登月车单椅到Lomazzi, D'Urbino & De Pas为ZANOTTA设计的超大baseball手套皮沙发和经典充气透明塑胶椅Blow，还有Gatti、Paolini & Teodoro的豆袋躺椅Sacco，Gaetano Pesce的压缩塑料拆封后还原作丰满女体沙发的Up系列，一一都是当年激进的反设计的先锋。

（五）当激进成为主流

20世纪80年代序幕一开，以Ettore Sottsass为首的孟菲斯设计团队打响第一炮，轰轰烈烈地掀起了一场后现代主义设计风潮。

在1981年9月孟菲斯团队的首次展览会中，那些分别由创始团员设计的色彩愉快亮丽、造型奇特、物料意想不到的充满嬉戏童心的家具和日用品，叫参观者欣喜若狂。毕竟被多年的高贵好品味闷久了，大家都由衷地拥抱这一种出轨。

孟菲斯设计团队的前身是ALCHYMIA设计工作室，负责人Alessandro Guerriero与参与者Alessandro Mendini、Ettore Sottsass等人在怀疑那些大量生产的好品味的同时，也不满足于只设计孤高的为展览会而制作的单项。他们都在探索让这些概念性的文化作品可以结合日常生活、作为家具家用品打开市场。在经历了种种理念的争辩交流后，Sottsass离开了ALCHYMIA，也很偶然地集合起一群年轻新锐如Michele de Lucchi、Aldo Cibic、Matteo Thun、George Sowden和Nathalie du Pasquier等，连同理论老将Andrea Branzi，组织起孟菲斯团队，继续离经叛道，同时仔细计算。

意大利的整体设计氛围，已经成熟地可以吸收容纳各种声音，所以紧接着孟菲斯团队的后现代理念主张，很多主流设计生产团队亦步亦趋地承接过来，推出了许多带有实验意味的作品：CASSINA出品的一系列 Gaetano Pesce 的拼合式沙发，DRIADE 出品的由 Antonia Astori 设计的 Aforismi 储物组合，Aldo Rossi 有如微型建筑的 Cabina dell 'E Iba 衣橱，以至广为消费者熟悉的 ALESSI 餐具厨具，ARTIMIDE 灯饰都是前卫实验设计精神结合主流消费生产模式的一次又一次的成功尝试。

经历了80年代异常蓬勃的"设计先行"的现实，90年代及至跨越21世纪这十多年间，设计已是全球消费生活中一个普及的文化现象。没有一项生活产品不强调它经过"设计"，这个附加值的群众反应及经济回报也一再受到考验。90年代中，意大利设计生产商更积极吸纳国际设计人才。CAPPELLINI、DRIADE、MAGIS、KARTELL 等等品牌捧红了一代又一代的来自法国、英国、荷兰、德国和日本的设计新秀，为设计界的"全球化"制造新鲜话题。面向风云突变的国际政治气候，更多元更开放同时竞争更激烈的全球化经济现状，意大利设计也必须不断地重新调节定位，在稳固其领导地位的同时，继续能够提出原创的前瞻性的理念和创作，再一次向世界宣告，意大利不是一天设计成的。

百年历史前因后果，短短二十四小时剪辑拼贴为薄薄几页，无论说得如何认真严肃也会叫人带几分疑惑。也正因为过去跟未来竟然一样可疑一样不可知，现在就更必须好好地感受好好地用心生活了。从意大利的设计发展经验中得到的任何启发，都应该成为你我创作生活中的一些参考一些激励，交流互动，也就有了意义。

附录二 意大利设计 A—Z

Abitare
Abstract Expressionism
Aceto Balsamico
Acerbis
Agape
Agnelli, Giovanni
Albini, Franco
Alessandro dell'Acqua
Alessi
Alfa Romeo
Alias
Ambasz, Emilio
Anastasio, Andrea
anti-design movement
Antonioni, Michelangelo
Arad, Ron
Arcade
Arcimboldo, Giuseppe
Artemide
Arflex
Archigram
Archizoom
Arflex
Armani, Giorgio
Arteluce
Artemide
Asti, Sergio
Astori, Antonia
Astori, Miki
Aulenti, Gae
B & B Italia
Baldessari, Luciano
Baleri Italia
Basilico
Bellini, Mario
Bernini
Benetton
Bertolucci, Bernardo
Biennale
Bisazza
Boccaccio, Giovanni
Boffi
Botticelli, Sandro
Bottoni, Piero
Branzi, Andrea
Brianza furniture industry
Brionvega
Buonarroti, Michelangelo
Bvlgari
Calvino, Italo
Campari
Cannoli
Campeggi
Cappellini
Cappellini, Giulio
Cappuccino
Caravaggio
Carpaccio
Caruso, Enrico
Casa Vogue
Casa del Fascio, Como
Casabella
Cassina
Cassina, Cesare
Castiglioni, Achille
Castiglioni, Livio
Castiglioni, Pier Giacomo
Ceccotti

Cerruti 1881
Chianti
Cibic, Aldo
Cinecittà
Citterio, Antonio
Clemente, Francesco
Colombo, Joe
Columbini, Gino
Compasso d'Oro awards
Constructivism
Cordero, Toni
Corso Como
Costume National
Covo
Crostini
Dadà
Danese
Dante
D'Ascanio, Corradino
De Chirico, Giorgio
De Lucchi, Michele
De Padova
Desalto
De Sica, Vittorio
Dixon, Tom
Dolce & Gabbana
Dolce Vita La
Domus
Domus Academy
Driade
Du Pasquier, Nathalie
Eco, Umberto
Edison
Edra

Espresso
Etro
Exte
Fabrica
Farina, Giovanni
Fascism
Fellini, Federico
Fendi
Ferragamo, Salvatore
Ferrari, Enzo
Ferrari
Ferre, Gianfranco
Ferretti, Alberta
Fiam Italia
Fiat
Figini, Luigi
Fiorucci, Elio
Flexform
Flos
Fontanaarte
Fontana, Lucio
Fontana Arte
Ford, Tom
Fornasetti, Piero
Foscarini, Murano
Functionalism
Futurism
Galleria Vittorio Emmanuele
Gelati
Gigli, Romeo
Giotto de Bondone
Gorgonzola
Grappa
Graves, Michael

Grissini
Gruppo 9999
Gruppo Sette
Gucci
Guggenheim, Peggy
Guzzi
Hepburn, Audrey
Illy
Interni
Iosa-Ghini, Massimo
IRI
Irvine, James
Isozake, Arata
Italdesign
Kartell
King, Perry
Knoll
Krizia
Lamborghini
Lancia, Emilio
Lancia
Leonardo da Vinci
Lissoni, Piero
Living Divani
Lomazzi, D'Urbino and
 De Pas
Luceplan
Lupi, Italo
Magis
Magistretti, Vico
Mari, Enzo
Marni
Marini, Marino
Mascarpone

Mastroianni, Marcello
Mattotti, Lorenzo
Maxalto
Max Mara
Meda, Alberto
Memphis group
Mendini, Alessandro
Milan
Milan Furniture Fair
Missoni
Miu Miu
Modernism
Molinari, Anna
Mollino, Carlo
Molteni & C
Monza Biennale
Moschino
Mozzarella
Moroso
Munari, Bruno
Navone, Paola
Neo-Classicism
Newson, Marc
Nizzoli, Marcello
Novembre, Fabio
Olio Extra Vergine d'Oliva
Olivetti, Adriano
Olivetti, Camillo
Olivetti, Roberto
Olivetti
Palluccoitalia
Pancetta
Pannacotta
Parmigiano Reggiano

Pasolini, Pier Paolo
Pasta
Pavarotti, Luciano
Peck, Gregory
Pesce, Gaetano
Piaggio
Piano, Renzo
Pininfarina, Battista
Pirelli
Piva, Paolo
Pizza
Polenta
Poliform
Pollini, Gino
Politecnico di Milano
Poltrona Frau
Poltronova
Pomodoro
Ponti, Gio
Post Modernism
Prada
Prosciutto Crudo
Puccini, Giocomo
Rationalism
Rexite
Ricotta
Rinascente
Risotto
Rossi, Aldo
Rucola
Santachiara, Denis
Sapper, Richard
Sawaya & Moroni
Scarpa, Carlo

Scarpa, Tobia
Seymour, Jerszy
Sipek, Borek
Sisley
Slow Food
Sottsass Jr., Ettore
Sowden, George
Starck, Philippe
Stile
Studio Alchymia
Superstudio
Teatro alla Scala
Tecno
Thun, Matteo
Titian
Tiramisu
Triennale di Milan
Trussardi
Urquiola, Patricia
Venini
Verdi, Giuseppe
Versace, Gianni
Vespa
Vitti, Monica
Ycami Edizioni
Zanini, Marco
Zanotta
Zanuso, Marco
Zanuso, Marco, Jnr
Zerodisegno
Zen, Carlo
Zevi, Bruno
Zucchini

后语 就是 al dente

端上来的意大利面如果不是 al dente，宁可不吃。

要饱要饿，是自己的事，不会影响别人——当然我还是会建议你，如果不是 al dente，不要吃。

Al dente，就是面条咬下去的那种咬劲和口感，绝对不能软趴趴的，以一根 7 号的意大利面为例，外身熟了软了，折开来面心中间最后一点还该有点生，才吃得出优质硬粒小麦（durum）粉那一种独有的清香。个人的偏好是宁硬免软，烹煮面条的时候需要很熟练很准确，锅中放多少水，下多少盐，时间该如何掌握，然后才能达致 al dente，这是意大利人最基本的也是最重要的饮食／生活／做人的原则和态度。

当你已经爱上这种咬劲，当你已经远离我们曾经习惯的几乎煮得糊作一团的软得不像样的一堆，你已经比较接近真实的意大利。

意大利菜太好吃，真的很难很难坚守半饱——又贪吃又怕胖的我，自然乐意把面前一盘又一盘的美味，努力分给与我同桌的摄影师小包、设计制作阿德，以及海峡两岸管家团队 H、T、M。饱与半饱之间，还喝了点 Chianti 红葡萄酒，微微醉，大家高兴。

一路吃下来，吃出了一点方向感和责任感，也更觉得要把这好吃的跟大家分享，停不了，就是这样。

应霁
2004 年 1 月

Home is where the heart is.

01　设计私生活
定价：49.00 元

上天下地万国博览，人时地物花花世界，
书写与设计师及其设计的惊喜邂逅和轰烈爱恨。

04　半饱
　　生活高潮之所在
定价：59.00 元

四海浪游回归厨房，色相诱人美味 DIY，
节欲因为贪心，半饱又何尝不是一种人生态度？

02　回家真好
定价：49.00 元

登堂入室走访海峡两岸暨香港的一流创作人，
披露家居旖旎风光，畅谈各自心路历程。

05　放大意大利
　　设计私生活之二
定价：59.00 元

意大利的声色光影与形体味道，
一切从意大利开始，一切到意大利结束。

03　两个人住
　　　一切从家徒四壁开始
定价：64.00 元

解读家居物质元素的精神内涵，
崇尚杰出设计大师的简约风格。

06　寻常放荡
　　我的回忆在旅行
定价：49.00 元

独特的旅行发现与另类的影像记忆，
旅行原是一种回忆，或者回忆正在旅行。

Home 系列（修订版）1-12 ◉ 欧阳应霁 著
生活·讀書·新知 三联书店刊行

07　梦·想家
回家真好之二
定价：49.00 元

采录海峡两岸暨香港十八位创作人的家居风景，
展示华人的精彩生活与艺术世界。

08　天生是饭人
定价：64.00 元

在自己家里烧菜，到或远或近不同朋友家做饭，
甚至找片郊野找个公园席地野餐，
都是自然不过的乐事。

09　香港味道 1
酒楼茶室精华极品
定价：64.00 元

饮食人生的声色繁华与文化记忆，
香港美食攻略地图。

10　香港味道 2
街头巷尾民间滋味
定价：64.00 元

升斗小民的日常滋味与历史积淀，
香港美食攻略地图。

11　快煮慢食
十八分钟味觉小宇宙
定价：49.00 元

开心入厨攻略，七色八彩无国界放肆料理，
十八分钟味觉通识小宇宙，好滋味说明一切。

12　天真本色
十八分钟入厨通识实践
定价：49.00 元

十八分钟就搞定的菜，以色以香以味诱人，
吸引大家走进厨房，发挥你我本就潜在的天真本色。